竜神めおと絵巻
～花の御所に嫁陰陽師まいりけり～

小野上明夜

富士見L文庫

目次

序章　誰彼《たそがれ》の出会い

ぼんやりと眼を開けると、部屋の中はずいぶんと薄暗かった。

病人の部屋であるため、一日中御簾《みす》を下ろしているので分かりにくいのだが、実際に陽が落ちている様子だ。酉《とり》の刻を過ぎたあたりだろうか。

伏せっている珠子《たまこ》本人以外、室内には誰もいない。一時は寝ていられないほどにやかましかった加持祈禱《かじきとう》の声も、数日前から聞こえなくなった。

「申し訳ありませんが、ご息女に憑《つ》いた物の怪《け》はいまだ正体さえ不明です。とても私の手には負えない」

なんとかいう陰陽師《おんみょうじ》は、彼にできる一通りの手を尽くした後、さも申し訳なさそうに言ったのである。

「もっと良い腕を持つ陰陽師をお呼びするしかないと思いますが、そのためにはもう少し金子が必要でして。それが用立てできぬとあらば……いかがでしょうか、真砂子《まさこ》様。私は以前から、あなたのことを……ぎゃーっ!!」

後半、母真砂子の手を握ってここぞとばかりに迫った陰陽師は、豪快な拳《こぶし》を顔に食らって這々《ほうほう》の体で逃げ帰った。情けない背中に「舐《な》めんじゃないよ！」との罵声《ばせい》まで浴びせた真砂子であるが、取って返して我が娘を見下ろした顔はひどく打ちのめされていた。

「ごめんなさいね、珠子。私が丈夫に産んであげられなかったばっかりに……」

逃げていったあの男は、陰陽寮《おんみょうりょう》に属する者でもなければ、もちろん蔵人所《くろうどどころ》陰陽師でもない。藁《わら》にも縋《すが》る思いで呼んだ、どこで陰陽道《おんみょうどう》をかじったかも怪しい男を最後に、齢《よわい》五つの珠子を助ける手立てはなくなってしまったのだ。

「お母様も、お父様も、あんなに元気なのにな……」

霞《かす》んだ眼で天井を見上げ、熱っぽい息を吐く。

母は気っ風のいい美人で、いい家柄の娘ではあるのだが、気っ風が良すぎて当世好まれる手弱女《たおやめ》的な女性像に合致しない。和歌がうまいだけの軟弱公達《きんだち》など願い下げ、と降り注ぐ縁談を断り続けた結果、父と結婚することになったのだそうだ。

父は朴念仁で気が利かず、当然のように歌も下手くそで、身分も従五位《じゅごい》であり決して高い地位とはいえない。しかし母はその武士めいた質実剛健な気性を気に入り、両親の反対を押し切って、半ば駆け落ちするような形で二人は夫婦となった。なお父は、母に叩《たた》き出された陰陽師が怒り狂ってけしかけてきた手下を、「物の怪の類《たぐ》いじゃないなら俺でも斬れる」と冷静に豪語して全員追い返した。

結婚当初から実家と揉《も》めたせいで援助が受けられず、慎ましい生活を余儀なくされてきた両親。娘に恵まれ、喜んだのも束の間、生まれつき体の弱い珠子は微熱に囚《とわ》われ、起き上がることさえままならない。気持ちだけは元気なので、時折こっそり衾の外へ這《は》い出しては熱が上がり、父母の悲しげな視線に追われてしおしおと横になるのだった。

これはきっと、魑魅魍魎《ちみもうりょう》の類いが悪さをしているのだろう。そう考えた両親は、腕がいいと評判の陰陽師を探しては見てもらった。しかしあまり礼金を弾めないこともあって、いずれも珠子を苦しめるモノの正体さえ見極められず、ついには打つ手もなくなった。

父も母もしょんぼりした顔でさかんに謝ってくれるが、とんでもない話だ。たくさんの時間とお金を使わせてしまい、本当に申し訳なく思っている。珠子は幸せ者で、幸せ者のまま、そう遠くない日に天へと召されていくことだろう。

というか、もしかして今日、今、その時が来たのではなかろうか。煙る視界の端が淡く輝いて見える。

「……かみさま？」

いつ、どうやって来たのだろう。見たことのない、だが恐ろしいほどの美貌《びぼう》の若者が、妖《あや》しい微笑みを浮かべながら珠子の顔を覗《のぞ》き込んでいた。

磨いた黒曜石をはめ込んだような涼しげな目元、艶《つや》やかな黒髪、高い鼻梁《びりょう》、品良く整った唇。強面《こわもて》の父とは正反対の、どこか遠い国からやって来たような、この世ならざるもののごとき美形である。烏帽子をかぶっていないことさえ、人の世の取り決めの及ばぬ存在であることを示すようだった。

高価な絵巻物などには到底手が届かないため、母が語る物語から想像したことしかないが、この人こそが天の遣いとやらではなかろうか。思わず口から出た呼びかけに応じず、彼は質問してきた。

「娘よ、助かりたいか？」

意外な問いに珠子はきょとんとした。てっきりお迎えが来たのだと思ったし、助けてくれるなら問答無用で助けてくれるものだと勝手に考えていたのだ。珠子の知る神様というのは、そういう存在だった。

「残念ながら、私は神ではない。だから願いを叶《かな》えるためには対価が必要だ」

珠子の疑問を読み取ったかのように彼はつぶやき、長い指先でそっと、熱で額に貼り付いた前髪をかき分けてくれた。

「分かるね？　幼くも清く賢い姫君。私が君を助ける。だから君も、私を助けてくれ。君こそが、我が救いだ……」

元より熱でぼうっとした頭を甘く浸していく声。ひやりとした指先が頬の丸みに沿って滑っていくのが心地良い。

絵巻物には疎い珠子であるが、それでもこの展開なら先が読めた。我が道を行く性格の母であればぴしゃりと断ったかもしれないが、断れば珠子にはその道自体がないのだ。幼くして儚《はかな》くなる者など珍しくない世の中ではあるが、できれば親に先立つ不孝は避けたい。ならば命の恩人に、対価は支払わねばなるまい。幸いにして、この展開で求められる対価ならば珠子にも手持ちがある。

「分かりました、これまでもいっぱいお父様とお母様にお金を使わせてしまったのに、ただで助かろうなどと思ってしまってごめんなさい……お嫁に参ります……」

首筋にまで至ろうとしていた指を止め、え、と彼が間抜けな声を上げたのが聞こえた。

そうして二人の縁は繋《つな》がり、珠子の魂は地上に縫い止められたのである。

第一章　龍神の妻として

京の都は四神相応《しじんそうおう》の地と呼ばれている。

四方の守護神に守られているという意味だ。北の玄武《げんぶ》は船岡山《ふなおかやま》、東の青龍《せいりゅう》は鴨川《かもがわ》、南の朱雀《すざく》は巨椋池《おぐらいけ》、西の白虎《びゃっこ》は山陰道《さんいんどう》に対応する。その力が中央の黄龍《おうりゅう》、つまりは都と帝《みかど》に流れ込み、理想的な吉兆の地を形作っているのである。

「この地において私たちが住む愛宕山《あたごやま》が、どういった意味を持つかは理解していますか、珠子《たまこ》」

愛宕山の山深く、ひっそりと佇《たたず》む山座寺《やまくらでら》の講堂にて厳かな声で問いかけてくるのは、年齢不詳の美貌を誇る尼僧である。墨色の法衣《ほうえ》と袈裟《けさ》を身にまとっていてなお、匂い立つような艶《あで》やかさが目に毒だ。

「はい、祈流《いのる》様、お答えします。この山は都の西北、八卦《はっけ》における『乾《けん》』に相当する純粋な陽の方角に位置します。『天』の象徴でもあり、東北の『鬼門』とは逆に『天門』にあたる聖なる方位です。万物が必要とする光の力を司《つかさど》り、かの高名なる安倍晴明《あべのせいめい》様も重視する場所です」

　山座寺の主《あるじ》であり、幼い頃から世話になっている姉のような存在であり、教師でもある祈流に促され、尼削《あまそ》ぎ髪の少女は緊張しつつ答えた。祈流とは対照的に、柿色の法衣を身にまとった小柄な体は生命力と健康美にあふれている。

「面白みのない答えですが、ちゃんと勉強していることは間違いなさそうですね」

「ありがとうございます……！」

　麗しくも厳しい師匠とのやり取りは神経を使う。今回はうまく答えられたようだとほっとした珠子の眼が、にわかに輝きを増した。

「ああ、それにしても、四神のうちに青龍、黄龍と、二柱も龍神《りゅうじん》が含まれているなんて……そもそも都がこの地に遷都されたのも、良き龍脈《りゅうみゃく》があるからなんですよね！　龍《りゅう》ってやっぱり、すばらしい力を持つ最高の存在……!!」

「フフフ、相変わらず、龍が絡むとちょっぴり羽目が外れますね？　珠子」

　悟りの境地の笑顔で、祈流はうなずいた。

「あっ、申し訳ありません祈流様。龍と聞くと、つい……大丈夫です、京の都が陰陽術《おんみょうじゅつ》の観点からもすばらしい場所であることは承知しております。祈流様がすばらしい師匠であることも承知しております！」

「……まあ、いいでしょう。どうせあなたは、龍の寵愛《ちょうあい》を笠《かさ》に着て授かった力を振り回すだけしか能がないのです。これからもせいぜい、私の役に立つことですね」

「はい、もちろんです。深渕《ふかぶち》様の愛と祈流様の教えのおかげで、私は十六まで生き長らえることができました。今後もこのご恩を返していきたく思いますので、ご指導ご鞭撻《べんたつ》のほどお願いいたします！」

今朝方自分で磨いた講堂の床に額をすり付け、感謝を示す珠子。その頭を長い指先が優しく撫《な》でた。

祈流のものではない。美しいが筋張った、大人の男の指先の感触。出会ったあの日以来、幾度となく味わってきた感触に珠子はぱっと顔を上げた。

「深渕様！　いらしたのですね」

「もちろんだよ、私の珠子。君がいるところ、それが私の居場所だ」

年の頃は二十代半ばか。深紅の狩衣《かりぎぬ》を華麗に着こなした、眉目秀麗《びもくしゅうれい》な公達《きんだち》が何処からともなく現れて、珠子のすぐ横に静かに腰を下ろしている。嬉《うれ》しそうな顔をしている珠子の髪を手で梳《す》いてやりつつ、切れ長の瞳《ひとみ》でちらりと祈流を見やる。

「そのことを君はもとより、祈流にもよく覚えておいてほしいね。君が我が妻によくしてくれているのは事実だが、貶《おとし》めるような言い方は感心しない」

祈流は女だてらに一つの寺を預かり、長年切り盛りしてきた女傑だ。清らかさの中に婀《あ》娜《だ》っぽさを秘めた、玄妙な魅力は特に男にはよく効く。大抵の人間はもちろん、京を跋扈《ばっこ》する魑魅魍魎の類いにも対抗できるだけの陰陽術の使い手でもある。

しかし、これは相手が悪い。一瞬背筋に走った悪寒に逆らいきれず、彼女は言葉に詰まった。

「やめておくんだな、祈流」

すかさず飛んできた揶揄《やゆ》の声は、かなり渋い。声だけ聞くと、苦み走ったいい男を想起させる。

だが実際にその声を発したのは、人間の年齢で言えば十をいくつか過ぎたぐらいの少年である。頭には頭襟《ときん》、袈裟と篠懸《すずかけ》をまとい、手には錫杖《しゃくじょう》、そして何より、背に猛禽《もうきん》の翼。

「お前のように老獪《ろうかい》な生臭尼僧であっても、龍相手には位負けするというものだ」

「……フン、お黙りなさいな、安選《あんせん》。あなたのような木っ端天狗《てんぐ》だって、それは同じでしょう」

愛宕山に数多く存在する天狗の一人である安選は、祈流とは旧知の仲だ。十年ほど前、珠子が両親の苦肉の策により深渕ともども山座寺に送られた時から、彼等はずっとこんな調子でここで暮らしている。ちなみに子供のような見た目だが、安選のほうが祈流よりずっと年上だ。

だが安選よりも深渕のほうがさらにずっと年上で、しかも格の高い存在なのだ。

龍。

死の淵《ふち》にあった幼い珠子の部屋を突然訪《おとな》い、助かりたいかとささやきかけてきた公達は龍の化身だったのだ。彼と取引を交わした珠子はその妻となり、大変に健康になって現在に至る。

「ええ、そうです。祈流様や安選様には申し訳ありませんが、やはり深渕様は誰よりもすばらしい御方……」

普段はどちらかといえばおとなしい性格の珠子なのだが、龍及び深渕の話題となれば話は別だ。場に走った緊張はどこへやら、熱心に力説し始めた。ふっくらと丸い頬は深渕へのてらいのない好意で生き生きと紅潮し、かつての病弱ぶりは面影すらない。

「そんな御方の妻として相応《ふさわ》しくあるために、不肖珠子、今後も精進していかなければ……！　引き続きよろしくお願いします、祈流様!!」

「……分かっているなら結構」

師を敬う姿勢だけは忘れない不肖の弟子に、祈流はわざとらしくため息を零《こぼ》してみせた。

「ですがあなたには、正直あまり陰陽術について真面目に教えても意味がないと思うんですよね。だってあなたは、大した指導もしていない頃から強力な術を使えましたもの」

妻とはいえ、贔屓《ひいき》が過ぎますわよ、とばかりに一瞥《いちべつ》されても深渕は美しく微笑むばかり。

「そんなことはありません。大した指導もなしで強いなら、真面目にきちんと勉強すれば一層強くなれるのは道理。ましてや祈流様に、しっかりと指導していただければ……」

ひたすら真面目な弟子の言葉に、祈流のため息は深くなるばかり。

「……そんなに強くなってどうするんです？　このへんの物の怪《け》なんて、もうあなたの敵じゃないでしょう」

「そうだよ、珠子。陰陽術に武術と、一生懸命自分を磨く姿勢は美しいけれど、その分私に構ってくれる時間が少なくなってしまうじゃないか」

深渕もにこやかに割って入ってきた。大きな手が、一回り小さな珠子の手を軽く握り締める。

「え……、あ、あっ」

途端、珠子はかあっと顔を赤らめ、どぎまぎとうつむいた。彼の妻となって十年以上が経過しているが、褒める意味で頭を撫でられるだけなら単純に喜べるものの、夫婦の時間を求められるといまだに心が舞い上がる。

「うや、あ、その……私だって、本当はいつも深渕様とご一緒したいですけど……」

「けど？」

きゅ、とさらに少し強く手を握られて、珠子はどきどきとうるさい心臓を抑えながら必死に言った。

「だ、だけど……それよりも、私……私は、あなたに……」

意地悪く追い詰められ、困ってしまった珠子の視線が、もっと困ったような顔で講堂を覗《のぞ》き込んでいる人影を捉《とら》えた。

「あ、春子《はるこ》。どうしたの？」

障子の影に隠れるようにして立っていた、いかにも臆病《おくびょう》そうな少女は、珠子の呼びかけにほっとした顔になった。

「あ、あのね、珠子。下の村から、また来てほしいって……」

珠子と同じく、この寺に預けられている春子は年が近いせいもあって珠子と仲がいい。

彼女の口から伝えられた要請に、珠子は張りきってうなずいた。

「分かった！　行っていいですか、祈流様」

「もちろん。あなたが活躍すればするほど、近隣の者たちは私に感謝してくれますからね」

祈流の許可を得た珠子は深渕にも呼びかける。

「深渕様も、来てくださいますか？」

「当然だよ、珠子。君が望むなら、私はどこにでも行こう」

深渕も当然のように立ち上がる。

「なら久しぶりに、安選も連れて行きなさいな」

講堂を出て行こうとする二人に祈流が口を挟んだ。

「は？　俺がこの馬鹿夫婦と一緒に？　今さら俺の守りなんぞ要らんと思うが？」

当の安選は声よりなお渋い顔であるが、祈流はほほほ、と素知らぬ顔で微笑んだ。

「たまには働け、という意味です。もちろん嫌がらせも含んでいますよ」

「安選にも、私にもね。私としては、君が気を利かせてくれることを願うが……」

肩を竦《すく》めた深渕は、ちらりと珠子を見やった。

「まあ、安選様も一緒に来てくださるのですね。久方ぶりの直接指導、ありがとうございます！」

「珠子が喜ぶなら歓迎するよ、安選」

早とちりして頭を下げている珠子の横で、深渕はぬけぬけと譲歩を口にする。

「……ま、確かに、近頃は自主鍛錬に任せきりだったからな。俺の教えを守れているか、見てやろう」

今度は安選が肩を竦める番だった。

「はあッ！」

落日の光の中、気合いを込めて珠子が薙刀《なぎなた》を振るうと、黒いもやのような塊が慌てて逃げ散っていく。

怨霊《おんりょう》の類《たぐ》いだ。強力なものは、この愛宕山中だと寄り集まって天狗と化したりもするが、そこまで格が上がれば日の本の天狗の総領、太郎坊《たろうぼう》の配下に引き込まれるため、てんでばらばらに人里を襲ったりはしない。

天狗になることもできず、だが恨みも捨てきれない。そのような中途半端な存在が闇に乗じて散発的に襲ってくるたびに、近隣の村人たちが山座寺に助けを求めてくる。かつては祈流自らが安選を引きずって赴いていたが、最近は病弱を克服し無駄に体力と気力が充実している珠子と深渕が、代わって人助けを行っているのだった。

僧兵のように軽く武装した彼女が振るう薙刀は、材質自体は普通のものだが、祈流仕込みの陰陽術によって陽の気を巡らせてある。これにより、天狗にもなれない怨霊たちであれば触れただけで消滅させることが可能なのだ。

なお、薙刀を用いての戦いの師範は安選である。彼は珠子の頭上に陣取って彼女を指導しつつ、時には手にした錫杖で手本を見せている。

「そら、右がお留守だ、珠子！　今回は俺が倒してやったが、次はないぞ!!」

「はい、感謝します、安選様！」

基本的に面倒くさがり屋の安選であるが、なんだかんだと何年も珠子と師弟関係を築いている。二人の動きはきれいに嚙《か》み合っており、隙がない。

「おっと」

勝ち目がないと見たのだろう。珠子と安選から逃げた怨霊たちが、少し離れて彼女たちの戦いを眺めていた深渕に目標を変更した。

「あっ、深渕様!?　こらー、ご無礼ですよ！　やめなさーい!!」

慌てた珠子が薙刀を構えて追いかけてくる様を眺め、深渕が肩を竦めた。

「舐《な》められたものだねぇ。珠子たちに敵《かな》わぬと見れば、私かい？」

ざわりと、深渕の整えられた前髪が揺らめいた。美しい姿全体がぶれたように見えたのと同時に突風が生み出される。

「珠子、しゃがんで」

「はい！」

深渕の声に、なんら疑いなく珠子はその場にしゃがみ込んだ。安選も慌てて上空へ逃げる。

　直後、深渕の手元から鎌鼬《かまいたち》のごとき突風が円状に走り、周辺一帯の怨霊たちを消し飛ばす。怖《お》じ気づいたのか、残っていた黒いもやも森の中へ吸い込まれるように消え去った。

「深渕お前、今俺を狙わなかったか？　なあ？　避けろとも言わなかったよな？」

「ははは、ごめんごめん。でも、君なら言わずとも避けられただろう？」

　ぼやく安選、とぼける深渕。珠子も安選ならば当然避けられると分かっていたし、実際避けられたので問題ないが、それよりもだ。

「もう……どうして深渕様に向かっていくの⁉　私なんかより、ずっとずっとすばらしくて美しくて気高くて強くてかっこよくて優しい方なのに……‼」

　憤慨する珠子は龍《りゅう》の妻であり、祈流が言うようにその寵愛《ちょうあい》を受けているに過ぎない。今日は安選の加護があるとはいえ、珠子に勝てないからといって深渕に向かっていくのは自殺行為としか思えないが、この手の行動を取る者が後を絶たないのである。

「やはり、私が唐渡りの龍だからだろうね。日本のあやかしには、どうにも嫌われてしまう」

　深渕は日の本の出身ではなく、唐土《もろこし》より来た龍であるそうな。土着の魑魅魍魎《ちみもうりょう》の縄張り意識を刺激するのか、格や強さが伝わらないのかは珠子には分からないが、少し寂しそうな深渕の表情には胸を突かれた。

「だ、大丈夫です。私がその分、深渕様のことをお慕いしておりますから……」

「……本当かい？」

「はい、そのように悲しいお顔をさせずに済むように、もっとがんばります！　ろうまは一日にして成らず、です!!」

いつか深渕も言っていた諺《ことわざ》を引用して珠子は断言した。ろうまが何かはよく分からないが、異国の出身である深渕は、時々祈流や安選も知らない話をしてくれるのだ。

「ちょっと違うような気がするが、まあいいか。私が言ったことをよく覚えてくれていて、嬉《うれ》しいよ」

苦笑した深渕であるが、寂しげな気配はその顔を去っている。「お前ら、俺のこと忘れてないか？」と安選は珠子の頭の上で毒づいた。

「さあ、今回はもういいだろう。そろそろ村長のところへ、報告をしに行こう」

「ええ、もちろんです。……それで、あの……」

わずかに迷う素振りを見せた珠子に、深渕はなんでもないように言った。

「どうしたんだい？　珠子。君が行くところなら、私はどこへでも同行するよ」

「……そう、ですね。それでは、ご一緒に。……安選様は？」

「……来てほしくなさそうだな。なら、行ってやる」

ひねくれ者らしい言葉を吐いて、安選が空中で方向転換する。問答無用で移動を始めた彼に、珠子は複雑な安堵《あんど》の息を吐いた後、ぎゅっと拳《こぶし》を握り締めた。そしてなんでもないような顔をして、三人で依頼主である村長の家を訪れた。

「こんにちは、村長さん。頼まれていた怨霊退治、無事に終わりました」

「ああ、ありがとうございます。いつも助かります……」

温厚な老人である村長は平身低頭して労《ねぎら》ってくれた。

「とんでもありません。祈流様と安選様の教えと、深渕様の加護のおかげです。……ねっ、深渕様、安選様！」

彼等には見えていない。そうと分かっていてわざわざ名前を出し、その存在を主張する珠子を、村長の息子が何か言いたげに見ている。世慣れた村長は、さり気なく息子を押しとどめつつ笑顔で話を繋《つな》いだ。

「ええ、皆様には本当に感謝しております。では本日は、このへんで」

「怨霊退治じゃねえだろ。あんたたちはいつも、元を絶ってくれねえ」

父親の隙を突き、村長の息子が不意に口を挟んできた。

「あの胡散臭《うさんくさ》い生臭尼、何かにつけて寄進、寄進だ。儲《もう》けの元を根絶やしにしちゃ困るんだろうが、こっちも生活がかかってるんだぜ」
「こ、これ、やめなさい」
一拍置いて村長が止めに入ったが、息子のほうはこの機を待っていたのだろう。「はは
は、確かにな！」と笑う安選の相槌《あいづち》を知らぬまま、瘦《や》せた腕を振り払って話し続ける。
「胡散臭いといえばあんたもだよ、嬢ちゃん。聞けば貴族の娘らしいが、しょっちゅう誰
もいない方向に向かって話しかけてるよな。怨霊退治ができるぐらいだ、俺たちとは違う
モノが見えるんだろうが、正直気味が悪いんだよ」
勢いよくまくし立てられ、固まる珠子。その背後で、深渕が物憂げに肩を竦めた。
「楽な暮らしをしているわけではないから、仕方がないとはいえ、ずいぶんと自分勝手な
人たちだねぇ……」
呆《あき》れたような声音ではっと我に返った珠子は、上に向けて持っていた薙刀の柄をぐっと
握り締める。同時に心の中でつぶやいた。――私は深渕様に選んでいただいた、この方の
妻。
「そこ！」
「うわっ!?」
指先で器用に回転させ、びしりと突き出した石突が村長の息子の脇をかすめた。

「な……なんだ、やるのか？　その細腕で、毎日畑を耕してる男の力に勝てるとでも……」

威嚇されたと思ったのだろう。拳を握って虚勢を張る村長の息子に構わず、珠子は石突の先を見つめている。

「おうちの中、いつもきれいに片付けられていますね」

「え？」

「私も毎日寺の掃除をしています。そうしないと、だんだん汚れが溜《た》まっていってしまうから」

眼を丸くする村長の息子と村長、ついでにやり取りをハラハラした顔で見守っていた村長の妻の顔を順繰りに眺めながら、珠子は続けた。

「怨霊たちも同じです。京の都は華やかで美しい場所ではありますが、果てしなく続く政権争いの場でもあります。心ならずも表舞台を追われる人々がいる限り、怨霊たちがいなくなることはない」

元を絶つ、ということは、人の営みを途切れさせることに等しい。陰陽は複雑に絡み合いながら世を流転している。全ての闇を削り落とした世界では、暗がりがもたらす安寧に身を委《ゆだ》ね眠ることもできなくなるだろう。

もちろん、あやかしたちの好む暗闇ばかりの世界では、人は生きていけない。その均衡を保つために、珠子のような存在がいるのだ。

「そして私たちも、皆様の寄進がなければ生きていけません。寺は精神の拠《よ》り所ではありますが、人の心は肉体に宿っており、肉体の維持には食べ物やお金が必要です！　決して不相応な搾取をしているわけではありませんので、ご理解いただきたく思います‼」

ぺこりと頭を下げてから、まっすぐに村長の息子の眼を見やる。覚悟を決めた視線にたじろぐ彼を見据えたまま、珠子は続けた。

「そして、人にものを頼む時には取るべき態度があります。年下だから、女だから、……気味が悪いから、舐めてかかってはいけません。そのような考え方が心に暗闇を呼び、怨霊たちを惹《ひ》き付け、時には怨霊そのものになってしまうのです。私に退治される立場になりたくなければ、改められますように！　あと私、術抜きの腕力だけでも、あなたといい勝負ができると思います。安選様にしっかり鍛えていただいておりますので！」

薙刀を持ち直した珠子がそう締めくくると、村長は心得たとばかりに話を引き取った。

「ええ、おっしゃるとおりで。大変に失礼しました、珠子様」

ぺこりと頭を下げた彼の禿頭《はげあたま》に、珠子はさらに深々と頭を下げて返す。

「いいえ、分かってもらえて嬉しいです。では、またお困りのことがありましたら呼んでくださいね！」

にこっと笑って珠子は踵《きびす》を返した。

「お前も将来はこの村の長《おさ》となるんだから、寺の連中とは持ちつ持たれつ、うまくやっていかないと……」

村長の説教を背中で聞きながら村長宅を後にした珠子は、ふう、と浅いため息をついた。

怨霊《おんりょう》は暗がりを好む。夜間に助けを請われることも多いのだが、今日は陽が落ちきる前に呼ばれたので、まだあたりは薄明るい。

しかし、太陽が力を失い夜に溶けていく景色は、完全な闇ではないからこそ人の胸を波立たせる。

「疲れたかい？　珠子」

「……いえ、大丈夫です。だって私、深渕様に元気にしていただいたんですもの！」

ため息をしまって強がる彼女を、深渕はいったん受け入れた。

「そうだね、体力には問題なさそうだ。だけど」

薙刀《なぎなた》を握り締めたままの珠子の手に、一回り大きな手がそっと重ねられた。

「震えているよ。なかなか見事な啖呵《たんか》だったけれど、そんなに無理をしないで」

否定できず、言葉に詰まる珠子を労《いたわ》るように見つめ、深渕はその耳元にささやいた。

「自分たちでは低級の怨霊さえ追い散らせないくせに、ここは恩知らずな連中ばかりだ。君が望むなら、こんな村丸ごと消してやるのに」

人の姿を取っていることが多い深渕であるが、その正体は一応の住処《すみか》としている寺の裏の湖が少々窮屈そうなぐらいの巨大な龍である。珠子と一緒にいるほうが楽しいとかで、ほぼほぼ妻にべったりではあるが、本当の姿で尾でも振るえばこの村ぐらい簡単に消滅させられるだろう。

「――いいえ」

上等の綿に包まれていく感覚。思いきり甘えてしまいたい誘惑から、珠子はぎりぎりで抜け出した。

「僭越《せんえつ》ながら私は深渕様に救われ、そして救った身ですから。助けていただいたこの恩は、みなさんにも分けて差し上げなくては」

村人たちの態度は確かによくないところも多いが、深渕も言っていたように、楽な暮らしではないのだ。二度と怨霊たちが湧かないようにしてもらえないかと、不満が出るのも無理はない。

珠子もできるなら、せっかく育てた作物や、最悪命まで脅かされるようなことが、未来《みらい》永劫《えいごう》ないようにしてあげたい。だが、大見得切って説教したように怨霊の出現も陰陽の循環である。

「地上に永久の楽土を築くような力は私にはありません。全ての人を、ずっと心安らかにさせてあげる力も……だけど私には、落ち込んでも寄り添って慰めてくださる深渕様がいらっしゃいます。他の方々より、ずっとずっと恵まれているのです」

そう、むしろ深渕のすばらしさ美しさ気高さ強さかっこよさ優しさが分からない者たちのほうが、ずっと気の毒なのだ。

「そういう方々に深渕様の良さを知らしめるためにも、私はみなさんを助けたいのです！」

拳を握って力説した珠子は、途中で悲しいことを思い出してしまった。

「でも、ごめんなさい。私の力が及ばぬばかりに、気味が悪いなんて言われてしまって……やっぱり人前で、深渕様とお話しするのは避けるべきなのでしょうか。だけど、そこにいらっしゃる深渕様を無視するなんて、失礼な真似はしたくありませんし……私が深渕様の存在を示し続けることで、認知されていけば、さっきの人だってきっと……」

「……君は本当にいい子だね、珠子」

切なげなつぶやきが胸を打つ。なぜこの状況でそんな風に言ってくれるのかよく分からないが、ぎゅうと抱き締められるとその感覚で胸がいっぱいになって、それ以上ものを考えられない。

「ふ、深渕様……」

はたから見れば村外れで立ち止まり、一人で顔を赤らめている怪しい少女だとしても。

夕暮れの冷たい風も白い眼も、深渕の腕に包まれていれば意識に上ることはない。

「さあ、戻ろう。健康美が君の魅力だが、これ以上肌や髪を焼くのは良くないからね……」

最後にぽんぽん、と背を叩《たた》き、深渕は頬を真っ赤に染めた珠子の手を引いて寺への道を辿《たど》った。

「お前ら、やっぱり俺のこと忘れてるだろ」

小さな翼をぱたぱたさせてぼやいた安選は、付き合ってられるかとばかりに一気に速度を上げ、一足先に寺へと戻っていった。


寺に帰り着いて早々、珠子は珍しい人影を発見した。

「遅かったじゃない、珠子。どこで油を売っていたの？」

「あら、須恵子《すえこ》様……珍しいですね、出迎えてくれるなんて」

上がり口に仁王立ちしている勝ち気そうな少女は、同じように山座寺で厄介になっている須恵子だ。その後ろに、困ったように眉《まゆ》を寄せた春子も立っている。

「ふ……ふん、たまにはね。下々の労を労《ねぎら》うのも、貴族の務めですから」

珠子同様、須恵子も貴族の娘である。訳あって寺に預けられているのも同様だが、須恵子の父親は正三位《しょうさんみ》。同じ貴族といえども珠子及び、大勢いる訳有り子女とは雲泥の差がある。日頃よりそれを鼻にかけて憚《はばか》らない須恵子であるが、まれにこうして、珠子に近付いてくるのだ。

「ところで……わたくしの部屋に遊びに来る許可をあげてもいいわよ。先日お父様が、珍しい菓子を贈ってくださったの」

「ああ……、部屋に出た怨霊を退治してほしいのですね」

このやり取りも三回目か四回目だ。そろそろ流れが分かった珠子がうっかりと言い当ててしまい、須恵子は頰をひくつかせた。

「ちょっと、まだ何も言っていないじゃない！　露骨に言い当てるんじゃないわよ、無粋な!!　これだから下級貴族の娘は……!!」

さり気なく、何気なくが貴族の嗜《たしな》みである。そこを汲《く》んで行動するのが下手な珠子相手では、須恵子は自尊心に蹴《け》りを入れられることが多い。

「す、須恵子様、落ち着いて。これから珠子に化物退治をお願いするんでしょう？」

慌てて間に入った春子は、須恵子に対してはまるで召使いのように接する。というのも、元々春子は須恵子の侍女であり、須恵子の父が政争に敗れて娘を山座寺に送った時にそのまま一蓮托生《いちれんたくしょう》となったのだ。

「申し訳ありません、須恵子様、気が利かなくて。それと、お菓子をくださらなくても結構です。怨霊退治は私のお役目ですので、言っていただければやります」

草履を脱いで横に並んだ珠子が言うと、願いは叶《かな》うというのに須恵子は不満げだ。

「ふん……何よ、相変わらずいい子ぶって。それで私に貸しを作ったつもり？」

「そんなことはありません。働いた分のお代はいただかないとだめだと、祈流様もおっしゃっていますから……だから明日はまた一日、春子と遊ばせてもらえませんか」

そう言ってちらりと春子に視線を流すと、春子はぱっと顔を明るくした。須恵子に気付かれる前に、すぐに顔を伏せたが。

「は？　いいけど。どうせ明日は物忌《ものい》みしなきゃいけないだろうし」

物忌みとは、怪異に出会ったことで身に降りかからんとする災いを躱《かわ》すための一種の禊《みそ》ぎだ。単に夢見が悪かった、などという場合も行うが、須恵子の場合は彼女を狙う怨霊に出会ってしまったのである。これから珠子が本体は祓《はら》い落としてくれるにせよ、本格的な物忌みが必要だろう。

「それにしても、こんなつまらない子と遊びたがるなんて、あなたも物好きね、相変わらず」

「……春子はつまらなくなどありませんし、ここに預けられている全ての者は、神仏の元に等しい仲間ですよ。だから、あなたが春子の悪口を言っても、深淵様を認めてくれなくても、お困りでしたら手助けします」

世俗の事情を持ち込まないのが、聖域で暮らす者のお約束だ。とはいえ、それが建前でしかないのもまた事実である。おとなしそうでいて頑固、と言われがちな珠子だって、その程度の分別は付く。

だが、もうこの手のやり取りも回数を重ねている。そろそろ須恵子にも考え直してもらいたい。この調子の彼女を放置していては、龍神《りゅうじん》の妻の名が廃るというものだ。

「でもですね、須恵子様！　いい機会ですから言わせていただきますッ。人にものを頼む時はちゃんと普通にお願いしないと駄目です！　そもそも部屋に出る怨霊は、あなたのおうちから受けた仕打ちを恨んで集まってきているのですから」

「う、うるさいわねッ！　綺麗事《きれいごと》で上流貴族が務まるわけがないでしょう!?」

部屋に向かいしな、思わぬ正論を浴びせられた須恵子はむっとして言い返してきた。祓う他は手のない怨霊退治とは違う、生臭い感情のやり取りは珠子の苦手とするところだが、ここで引いたら意味がない。

「だ、だけど、その報いとして怨霊が出て来ているのでしょう？　あなたのお父様が失脚してなお恨んでいるなんて、よっぽどですよ」

「だから、うるさいと言ってるでしょッ！　お父様が宮廷を離れたのは、あくまで一時的なこと!!　ふん、今に見ていなさい、帝《みかど》がお元気になられれば、すぐに返り咲かれるんだから……!!」

「そのために、また人の恨みを買うようなことをしているから、あなたのお部屋に怨霊が」

「た、珠子、そのへんにしてあげて！」

突然の板挟みに春子は死にそうな顔をしているが、深渕はクスクス笑いながら三人娘のやり取りを見守っている。

「うう、そもそもあの生臭尼僧が祓えばいいのに、毎回お布施を要求してくるから悪いのよ……！　寺の中で出る怨霊なんて、あいつの責任で追い出してしかるべきでしょ……!!」

「素直にお願いすれば、たとえ須恵子様しか狙わない怨霊だって、祈流様も祓ってくれます！　……多分!!　あなたのお父様が原因で出た怨霊なのに、当然だという顔をして命令するからいけないのです。ならお金を出せばいいのでしょうが、お父様の失脚のせいでお菓子なら贈れてもお金が」

「珠子、本当にそのへんにしてあげて……!!」

ここで言わねばと気負いすぎて歯止めが利かなくなっている珠子を、春子は必死に諫《いさ》め続けていた。


春子のものと続き間になっている須恵子の部屋に入るなり、珠子は濃い怨霊《おんりよう》の気配を感じ取った。

天井に染みのようにべったりと張り付いた、真っ黒な影。無数の目を瞬かせ、ギロギロとこちらを威嚇する様は凶悪で、先ほど村で追い払ってきたものたちとは明らかに格が違う。

祈流の術により守られている山座寺に、並の怨霊は入ってこられない。相応の力を備えているのは当然だが、鋭敏な珠子の感覚は違和感を覚えていた。

鬼門の方角に貼った札に変化がない。怨霊が忍び込む道は封鎖されているままなのだ。

「……とりあえず、祓います!」

室内で薙刀《なぎなた》を振り回すのは危ないので、体内で練った陽の気を掌《てのひら》に集め、放って直接ぶつける。深渕が一瞬、まぶしげに瞳《ひとみ》を細めたのは、すっかり陽も落ちて薄暗い室内を真昼のような光が照らし出したからだ。

ぎゃっと短い声を上げた怨霊は、最期に全ての眼で須恵子を睨《にら》み付けてから消滅した。

「……すごい。なんだか、明るくなったみたい……」

思わず春子がつぶやく。室内を照らす光量自体に変化はなく、怨霊や珠子の使用する術を感知する能力を持たない彼女にも、「何か」がいなくなったことはそういう形で察知されたようだ。須恵子も同様の様子だが、驚きを口にするのがシャクらしく押し黙っている。

「はい、完了です。怨霊はいなくなりました」

手早く最初の任務を果たした珠子であるが、話はまだ終わりではない。今の怨霊は、どこから入り込んだのだろうか。

「あれでしょうか、深渕様」

「ああ、そのようだ」

本体は消滅したのに、いまだ残る「何か」の感触。深渕にも確認したので間違いないだろう。卓の上にこれみよがしに置いてある、小ぶりの壺《つぼ》だ。

「あれって……お父様が贈ってくださった、珍しいお菓子を疑うの!?」

須恵子は怒るが、珠子は気にせず壺に近付いていった。

「お菓子じゃないと思います。多分、この壺に……ああ、あった」

懐紙を拝借し、その上に壺の中に入っていた唐菓子をいったんどける。空になった壺の底をいじると、二重底になっているのが分かった。底蓋《そこぶた》を外し、懐紙ではなく日頃持ち歩いている札に挟むようにしてそこに隠されていた物を取り出すと、須恵子も春子もひっと息を呑《の》んだ。

紙縒《こより》でぎっちりと縛り上げられたソレは、元はおそらく動物の骨だろう。死してなおこのような術に使用された、哀れな魂を捧《ささ》げ持った状態で珠子は窓辺に立った。

「……もういいよ。おやすみなさい」

そっと眼を閉じてから陽の気を送り込むと、それは札ごと粉々に砕け、夜風に紛れて消えていった。

「うん、これで完全に大丈夫。ですが須恵子様、あなたのお父様に連絡しておいたほうがいいですよ」

「な、何よ。あなた、まさか、お父様が私に怨霊をけしかけたとでも……⁉」

「そうではありません。だって、そのお菓子はいいものです。娘においしいものを食べさせてあげたい、という気持ちがあふれています」

病床から動けなかった幼い珠子に、せめてと父母がくれた食べ物と同じ心が宿っている。

ただ、やはり須恵子の父の権勢が衰えているせいだろう。ここまで運んでくる道中で、そのような細工をされてしまう隙があったということだ。そう告げると、須恵子はなんとも言えない顔でため息をついた。

「……腹立たしいけど、あなたの祓いの能力だけは買っているのよ、わたくし。わたくしが都に戻る暁には、あなたの能力は役に立つかもしれない。いくらなんでも龍《りゅう》を使役しているなんて眉唾《まゆつば》だし、女の陰陽師《おんみょうじ》なんて聞いたことがないけれど、だからこそ人目に立つことなく使えるだろうし……お父様も、一度会ってみたいとおっしゃってるし……」

「私は深渕様を使役しているのではありません。妻としてお仕えしているのです。そうですよね、深渕様！」

須恵子には聞こえないことは百も承知で話しかけると、深渕はそうだね、と微笑み返してくれた。いい加減慣れてきた須恵子は突っ込みはしないが、その眼に漂う怯《おび》えの気配は差し向けられた怨霊に対するものとあまり変わらない。

「それと……申し訳ないですが、私は都には戻りません。お父様とお母様に、また迷惑をかけてしまうので」

名誉な誘いであることは分かっている。都に戻れば、父や母の顔を見に行くことも可能だろう。それでも珠子は、須恵子の勧誘を蹴った。

「……何よ。相変わらず、欲のないこと」

「そんなことはありません。欲なら……、あります」

ちら、と深渕のほうを見た珠子は、急いで視線を逸《そ》らした。

「ふん、いい子ぶっちゃって。まあいいわ、用は済んだし。春子、じゃあ今のうちに物忌みの準備をしなさい。ぐずぐずしないのよ」

とにかくも、怨霊はいなくなったのだ。もう用はないとばかりに、須恵子は珠子を追い出しにかかる。慌てて動き始めた春子に後ろ髪引かれる思いをしつつ、珠子は深渕と一緒に場を辞した。


翌日の昼過ぎ、遠くからかすかに聞こえ始めた楽の音を連れて、春子は珠子と深渕の部屋に遊びに来てくれた。

「春子、春子、いらっしゃい！　須恵子様はもういいの？」

「ええ、大丈夫。陽の気を高めるために、お一人で箏《そう》を弾きながら物忌みをなさるそうだから」

物忌み中の過ごし方はいろいろあるが、須恵子は気散じの意味も込めて音楽の演奏を選んだようだ。箏の各部は龍にちなんだ名称を付けられていることもあって、珠子も大好きな楽器である。大好きな音色を聞きながら、大好きな友と一緒の時間を過ごせる喜びに、珠子は勢い込んで尋ねた。

「何をする？　貝合？　双六《すごろく》？」

あらかじめ用意していた道具を次々と取り出す様を見て、春子は少し意外そうな顔をする。

「え、そういうのでいいの？　珠子はてっきり、もっと体を動かしたいのかと……」

「せっかくこんなに元気になったんだし、体を存分に動かしたい気持ちはあるよ。だけど、春子と一緒なんだから、春子も楽しめないと意味がないもの」

これまでも何度かこういった時間を過ごしたことはあるので、春子はあまり野山を駆け回ったり、薙刀の鍛錬をしたりするのは得意ではないと珠子は理解していた。

「ご、ごめんね、珠子と比べると私は体力がなくて……気を遣ってくれてありがとう。貝合や双六なら、深渕様の分も珠子が貝を選んだり賽子《さいころ》を振ったりしてくれれば、一緒に遊べるしね」

当たり前のように深渕を遊びの輪に入れてくれる春子。決して当たり前ではない彼女の得難さを目の当たりにすると、珠子の胸には温かな波が押し寄せる。

怨霊も珠子の術も感知できない春子は、当然ながら今もすぐ側で少女たちのやり取りを見守っている深渕が見えない。安選も見えない。

彼等は龍と天狗《てんぐ》。怨霊のようにおしなべて人を害するわけではない。特に龍は、大いなる恵みを与えてくれる神に等しい存在だ。

とはいえ、その気になれば人間などあっさりと打ちのめすことのできる強大な力はどうしても畏《おそ》れを引き起こす。あの村長の息子のように、面と向かって気味悪がる者も多い。あるいは須恵子のように、龍など眉唾だ、狐狸妖怪《ようかい》の類《たぐ》いが威を借りているだけだと馬鹿にする。

しかし春子は、深渕を畏れてはいるが、否定はしない。いかに深渕がすごいか、という話もうんうんと聞いてくれ、「私も早く、すてきな殿方に求婚されたいな」と羨《うらや》ましそうにするのだ。

ちなみに他の娘たちは、須恵子のように怨霊退治を頼んでくることはあるが、それ以外では遠巻きにしていて近付いてこない。祈流にもあまり接触しようとしない。静かな隠遁《いんとん》生活を求めている者がほとんどであり、己の眼に映らざる存在とも、それらと交渉可能な者たちとも、深い関わりを持ちたがらないのである。

「えへへ。ありがとう、春子。大好き！」

「……こちらこそ。私なんかにそんなことを言ってくれるのは、珠子だけだよ」

須恵子に何か嫌味でも言われながら出てきたのか、彼女の表情は薄暗い。慰めたくて、珠子はぎゅっと彼女の手を取った。

「もっと自信を持って、春子。私、春子といると、とっても安心するの」

「――えっ」

びく、と身を震わせた春子が、驚いたように珠子を見つめてきた。

「あ、あれ？　ごめん！　あの、安心するっていうのはね、春子が深渕様を絶対に無視したり悪口を言ったりしないから、そういう意味で……!!」

何か気に障っただろうか。あたふたと詳細な説明を始めた珠子の手をそっと解いて、春子は首を振る。

「……あ、ううん。よく言われるから、須恵子様にも……あなたといると、安心するって」

「えっ、そうなんだ」

須恵子は春子をこき使ってばかりだと思っていた珠子は、意外な言葉に眼を丸くする。

須恵子の父がいくら落ちぶれたといっても、その権勢に寄りかかっていた春子の家よりは遥かに強い権力を有している。祈流は弟子の珠子に再三申し付けているように、ただ働きは絶対にしない。訳有り子女を多数預かっているのは、彼女たちの親なり後見人なりが寄進してくれているからだ。

要するに、春子が世話になる分も含めて須恵子の親が寄進をしている。ゆえに彼女たちの上下関係は、世俗にいた時と変わらず固定されている。むしろ須恵子の家にいた時のように、他の使用人を頼れない分、春子の負担は大きくなっている。

「よかった。須恵子様も、ああ見えて春子のことを本当に気に入ってるんだね」

「……うん、そうだと思うよ」

曖昧《あいまい》に応じた春子が双六盤を手に取って広げた。

「さあ、遊びましょう、珠子。須恵子様のことだから、急に呼び戻されないとも限らないし」

「うん、そうだね。それじゃ深渕様、どうしましょうか。私が深渕様の分まで賽子を振りますか？　それとも、ご自身が風を起こして……」

「珠子」

白黒の駒を並べようとした珠子を、深渕が静かに呼んだ。途端に珠子は手を止めて、おもむろに部屋の隅に立てかけていた薙刀《なぎなた》を握る。

「春子、ちょっと待っていて」

「え、え？　ど、どうしたの、珠子……」

「箏の音が途切れた」

言われて春子の顔も強張《こわば》った。確かに、須恵子の部屋から流れていた音楽がいつの間にか聞こえなくなっているのだ。

「……ごめん。ちゃんと祓《はら》ったつもりだったけど、まだ怨霊《おんりょう》が残っていたのかも。あるいは次の手を……とにかく、ここにいて」

深渕と目配せを交わし合い、珠子はそっと部屋の外に出た。きしきしとかすかに鳴る板張りの床に緊張が高まっていく。

「……深渕様。もしかしたら須恵子様は、もう……」

「その可能性はあるね。なら、なおさら心を強く持って、珠子」

最悪の未来予想に胸の鼓動が速まるが、怨霊は須恵子のみを害して消えてくれるとも限らないのだ。状況を確認し、皆の安全を確保するまでは泣くこともできない。

ところが、息を殺して須恵子の部屋の前まで来た瞬間、中からとうの須恵子が飛び出してきた。しかもその頬は、今なおあふれ出す涙に濡《ぬ》れている。

「あら、珠子！　ちょうどいいじゃない、たまには気が利くのね」

「なっ……だ、大丈夫ですか、須恵子様!?」

愕然《がくぜん》としながら駆け寄る珠子に、須恵子は滂沱《ぼうだ》の涙に瞳《ひとみ》を輝かせながら、ふふん、と不敵に笑った。

尼削《あまそ》ぎ髪を覆うためのかもじを付け、旅支度を調えた須恵子は、早朝の寒さもどこへやら、意気揚々と別れの挨拶《あいさつ》を口にした。

「相応の寄進をしていたのだから当然ですけど、今までお世話になりましたわ、祈流様。父にもよく伝えておいて差し上げましょう」

ふんぞり返る須恵子に、祈流はころころと鈴を鳴らすような笑みで応じる。

「ええ、お代の分ぐらいは面倒を見て差し上げたと自負しておりますよ、須恵子様。またのご利用をお待ちしております」

「は？　何よ、またお父様が宮廷を追われるとでも言いたいの!?　もう来るもんか、この生臭尼僧ッ！」

「須恵子様、須恵子様落ち着いて……!!」

隣の須恵子と似たような格好の春子や、須恵子の父が寄越した遣いが慌てて割って入る。ぜいぜいと息を切らしながら、須恵子はフンと高慢にそっぽを向いた。

「まあいいわ。あなたたちはそうやって、この山奥に骨を埋めるんですものね。華やかな場所に戻っていくわたくしたち、特に未来の皇后候補のわたくしを羨むのも致し方のないことよ。さあ春子、こんな田舎者たちは放っておいて、行くわよ！」

山座寺の付近は道が狭いので牛車《ぎっしゃ》などは到底入れない。馬でも難しく、ある程度山を下りるまでは須恵子も春子も徒歩で移動せねばならないのだ。日の高いうちに急がねばと、山門を潜って慌ただしく去っていった。

「小娘相手に、いささか大人げないんじゃないか？　祈流。帝《みかど》の病はいまだ癒《い》えずと聞く。都の権力闘争は複雑化する一方だ。本当にまた戻ってくるかもしれん金蔓《かねづる》に、お前らしくもない。あの娘なら、本当に皇后になるやもしれんのだぞ」

「あら、安選、いましたの。細かいので気が付きませんでしたわ」

山門の上に座っていた安選の軽口に祈流が軽口で返す。いつものやり取りをどこか遠く眺めながら、珠子はぽつりと言った。

「さよなら、春子……」

シュンとしている珠子にそっと深渕が寄り添った。

「元気がないね、珠子。春子がいなくなって、そんなに寂しい？」

「深渕様……」

はい、とうなずきかけて、珠子ははっとした。

「あの、ち、違うんです！　須恵子様のお父様が宮廷にお戻りになられたのはおめでたいですし、ずっと都を恋しがっていた須恵子様がお帰りになられたのもおめでたいですし！」

物忌みに籠《こ》もっていたはずの須恵子の箏《そう》の音が途切れたのは、その父よりの遣いが訪れ、都へ戻る話を始めたからだったのだ。何事かと駆け付けた珠子たちに、彼女は嬉《うれ》し涙を隠しもせず、得意満面に説明してくれた。

「だけど、彼女が都に戻れば、春子も戻ることになるからね」

「……はい」

乗せられて、結局うなずいてしまった。直後、そうじゃないと否定する。

「いえ、違うんです！　春子だって、都に帰れるって喜んでましたもの。だから私も、友達の幸せは嬉しくて、本当に」

「珠子」

少し身を屈《かが》めた深渕が端整な顔を寄せてきた。

「君が望むなら、春子を連れ戻してあげようか？」

「――いいえ」

甘い誘惑。だが、珠子は毅《き》然《ぜん》と首を振った。

「寂しいけれど、いつかこうなることは分かっていましたから。それに……」

はにかんで、そっと白い頬に手を当てる。

「私には、深渕様がいますもの」

こんな風な言い方で、逆に珠子を力づけてくれる、深渕が。

「……そうだね」

ほのかに笑った深渕は、頬を覆う小さな手に愛《いと》しげに顔をすり寄せた。

「いい子の珠子には、何かご褒美をあげなければ。何がいいかな？」

「ふ、深渕様……」

「あ、では……久しぶりに、船遊びをしたいです……!!」

珠子と深渕の間でいう「船遊び」とは、河に船を浮かべその上で宴《うたげ》を行うというものではなく、寺の裏の湖にて龍《りゅう》の姿を取った深渕の背に珠子が乗ってはしゃぐことを示す。

「あれか……君はあれが好きだねぇ」

自分から振ったくせに、しかも相手が珠子だというのに、深渕は珍しく渋い顔だ。

「ごめんなさい、深渕様を船代わりにするご無礼は承知しているのですが……正直とっても、とっても楽しくて……！」

珠子も深渕はあまり「船遊び」を好まないことを理解しているので滅多に頼まないのだが、実は大好きなのだ。人の姿の深渕もこの上ない美形だが、龍の姿の深渕の宝石のような鱗《うろこ》が水を弾《はじ》く様も非常に麗しい。

「『船遊び』がお嫌なら、久しぶりにお空の散歩とか……どうですか？」

龍の姿の深渕には飛行能力があり、その気になれば人を乗せて飛ぶこともできるのだ。ただし、本性を露わにした深渕は存在感を抑えきれず、普通の人間の眼にも映る。あまりにも目立ちすぎるため、珠子も数えるほどしか乗せてもらったことはないのだが。

「ふ……珠子。さり気なく、よりよくない提案をして、よくない提案を飲ませようとするとは……ずるいじゃないか、悪女の君も可愛いとは……」

深渕は仰々しく額を押さえ、安選が露骨に呆《あき》れ顔になる。

「買い被《かぶ》りにも程があるだろう。こいつが悪女になれるタマか。それはそうと、ほう、楽しそうだな。俺も混ぜろ」

「君は自力で飛べるじゃないか、安選。その翼は飾りかい？」

珠子に請われても渋る願いだ。面白がる安選にはなおさら、すげない態度を取る深渕であるが、珠子の気を引き立ててやりたい気持ちが働いたのだろう。

「まあ、でも、いいか。では今度、久しぶりにみんなで『船遊び』と洒落込《しゃれこ》もうじゃないか。みんなと言っても、乗るのは三人だけだしね」

深渕と珠子を畏《おそ》れず、「船遊び」ができる人数はそれぐらいである。祈流が紅も引かずに紅《あか》い唇を微笑ませた。

「あら、私も乗せてくださるの？」

「やめておけ深渕、この女に恩を売っても仇《あだ》で返されるだけだぞ」

「あらあら、いいじゃありませんの。みんなで一緒に楽しみましょうよ、深渕様。帰りは一人減って軽くなりますしね。豆粒程度の軽さが減るだけですから、あなたにとっては大した重荷ではないでしょうけど……」

深渕には色目を使いつつ、安選には素っ気ない祈流。祈流の媚態《びたい》を完全無視して珠子に微笑みかける深渕。いつものやり取り。それぞれに抱えた事情があるからこそ、龍神《りゅうじん》の妻である珠子にも分け隔てなく接してくれる。

「――ありがとうございます、深渕様！」

春子ともう会えないことは悲しいが、彼らとの仲が続くならそれでいい。深渕に向かって礼を述べながら珠子は、大好きな友を失った痛みが癒えていくのを感じていた。

この幸せさえ手の中に残れば、それでいいと思っていた。


須恵子と春子が寺を去った、数日後のことである。

「うーん……」

昼間、約束の「船遊び」をたっぷりと楽しませてもらった珠子は、自室でぐっすりと寝入っていた。

「すごいです……深渕様……すべすべ……つるつる……ここも……あっちも……」

夢の中でも珠子は深渕と一緒だ。楽しかった昼間の記憶が強く、龍の本性を現した彼の巨体に寄り添って、その体をそっと撫《な》で回している。

「珠子」

「えっ、こんなところまで……!?」

「珠子、起きなさい」

「ひゃ、あっ、深渕様……!?」

軽く肩を揺すられ、珠子ははっと起き上がった。かそけき月明かりのみに照らされた室内に二人きり、ひどく近くに眼の覚めるような美貌《びぼう》が迫っている。見慣れた光景とはいえ、どきんと心臓が高鳴ったが、いつも優しげな表情が険しい。

「妙な気配がする。私から離れないで」

「……は、はい、深渕様」

続けて抱き起こされ、さらに近い距離に緊張したのも束の間、珠子も気付いた。

部屋の中には自分と深渕しかいない。しかし板戸に仕切られた向こう、真夜中の寺の静まり返った廊下。しんと冷えた空気に混じってそこから流れてくる、人ならざる気配。

「これは……！」

そっと深渕の腕を抜け出し、立ち上がる。

「問題なさそうですね」

「そうだね。この土地の気を帯びていないことだけは気になるが、さほどのことはない。いけるね、珠子」

「はい、もちろん！　はぁッ!!」

力強くうなずいた珠子は体内で陽の気を練る。直後、板戸を蹴《け》り倒して襲いかかってきたのは、痩《や》せた人の子供ほどの大きさの小鬼だった。人にはない角と鋭い爪を振りかざす姿は凶悪だが、珠子の繰り出す真昼のような光を受けて霧散する。

同時に彼等は千切れた紙切れに変じ、ひらひらと畳の上に舞い降りた。

「まあ……これは、式神……？」

陰陽師《おんみょうじ》の操る術の一種だ。術者の力を込めた札に望む姿を取らせるものであり、力を失えばこのように元の姿に戻る。

「そのようだ。ふうん、やはり弱いね。数は……、おや」

何かを探るようにあたりを見回していた深渕が、月光が降り注ぐ窓を振り返った。そこから四、五匹の小鬼が顔を出し、彼に飛びかかってくる。

「深渕様！」

「大丈夫だよ、珠子。腐っても、君を妻に迎えられるだけの男だ」

言うなり、深渕が放った風が小鬼たちを細切れに切り刻む。たちまち紙切れに戻っていく彼等の様を惚《ほ》れ惚《ぼ》れと見つめつつ、珠子も自分に向かってきた小鬼たちを祓《はら》った。

「ええ、もちろん！　ですが申し訳ありません、お手をわずらわせてしまって……」

深渕の力を疑うつもりなど微塵《みじん》もない。しかし挟撃された状態であるため、互いの背を守り合うしかないのが歯がゆい。倒しても倒しても後から湧いてくるので、明らかに意図的な動きをしている彼等の発生源を探しに行くこともできない。

と思っていたら、珠子のほうも深渕のほうも、ほぼ同時に小鬼のおかわりが来なくなった。無人となった廊下に打って出るべきか、尋ねようとした珠子の腕を深渕がぐいと引いて背に庇《かば》う。

「これはどういうつもりかな？　祈流」

「え……？」

きょとんとした珠子の目の前、欠けた板戸の向こうにするりと滑り出てきたのは、確か深渕の言葉がなければ、お人好《ひとよ》しの珠子は助けに来てくれたのだ、と思ったかもしれない。しかし確かに、祈流が得意の術を行使して加勢してくれる様子はないのだ。長いまつげに縁取られた美しい瞳《ひとみ》は、静かにこちらを見据えている。

「そんな……祈流様、どうして……？」

戸惑う珠子を庇う盾のように立ち塞《ふさ》がった深渕は、なおも鋭く質問を重ねる。

「事と次第によっては、ただではおかないよ、祈流。特に、珠子を害するつもりなら許さない」

彼が操る風にも似た殺気が空を走る。それを感じ取った瞬間、祈流はよよ、としなを作ってみせた。

「ご勘弁くださいな、深渕様。しょせんは私もか弱い女の身……この寺を守らねばならぬ使命があります。権力をお持ちの方に脅されれば、従わぬわけにもいかず……」

「まあ！」

それを聞いた瞬間、深渕の後ろで珠子が袖《そで》まくりした。

「我が師を脅すなど、許しません！　どこのどいつです、僭越《せんえつ》ながらこの珠子がお相手いたします!!」

「おい、貴様、ふざけるな。二つ返事で言いなりになったくせに！」

気合いの入った珠子の宣言に被さるように、見知らぬ男の声が響き渡った。何事かと深淵越しに見やれば、年の頃なら二十歳ほどか。深緑の狩衣《かりぎぬ》に身を包んだ年若い若者が、祈流の横で血相を変えている。

「ふん、だが、いいだろう。そいつらが本物の龍と、その寵愛《ちょうあい》を受けた者であることはよく分かった。もっと強い式神を用意してもいいぐらいだったな」

顔の作り自体は悪くないのだが、高慢な態度が表情に嫌味な影を落としている。彼は品定めするような視線で深淵と珠子を見つめた。

「日焼けした田舎娘には勿体《もったい》ないような、佳《い》い男じゃないか。とはいえ、正体が龍なら、見てくれはどうにでもなるんだろうがなぁ」

「……あなた……ちゃんと深淵様が見えるのですね」

見知らぬ男の視線が深淵をすり抜けず、きちんと彼を捕捉《ほそく》していることに珠子は気付いた。

「そうか、さっきの式神もあなたが……もしかして、陰陽師の方？」

「ああ、そうさ。売り出し中の陰陽師、光円《こうえん》様とは僕のことよ！」

胸に手を当てる自信に満ちたその姿、さながら寺を去った須恵子の男性版といったところである。連鎖的に春子を思い出し、少しだけ胸が痛んだのも束の間、珠子は納得した。

「道理で……失礼ながら、祈流様の式神にしては弱すぎると思っていました」

「なんだと!?」

「まあまあ、光円様。彼女たちも、いきなり襲いかかられて、気が立っているのでしょうから……」

額に青筋を立てる光円を、どうどう、となだめる壮年の男。こちらは三十代といったところか。もっと年上なのかもしれないが、闇に溶けるような黒の狩衣をまとった上品な佇《たたず》まいにはどこか祈流にも似た、捉《とら》えどころのなさがある。年齢こそかなり上だが、立場としては彼が従者であるようだ。

「ああ、そうだ！　さっきの式神はこの僕が放った!!　もちろん、貴様らの実力を査定するため、あくまで小手調べとしてだ！　あれが僕の実力の全てだなどと、勘違いしないように!!」

「これは失礼しました、正式な陰陽師様なのですね。でしたら祈流様はまだしも、私ごときがあなた様のお力を推し量ろうなど、思い上がったことを致しました」

失礼なことを言ってしまったと、珠子は率直に詫《わ》びた。

「ふ、ふん、素直だな。分かればいいんだ、分かればいいんだ、分かれば」

「見事な装束といい、きっと都からいらしたのですね。陰陽寮《おんみようりよう》の方なのですか？」

「それは……ちょっと、買いかぶりすぎだろう」

当代最高峰の陰陽師が集《つど》いし役所名を挙げられ、光円は眼を泳がせた。

「では、蔵人所《くろうどどころ》陰陽師様？」

「お、お前、それは安倍晴明とかさぁ……！」

たじろぐ光円の後ろから、彼の従者がさり気なく提案した。

「詳しくは、場所を移動したほうがよいでしょう。そうですね、祈流殿」

「ええ、ここではなんですから、講堂へ参りましょう。珠子も深渕様も、よろしいですわね？」

「もちろんだよ。ここは夫婦の部屋なのだから、招かれざる客人には早々に退出していただきたい」

折しもくしゅん、と小さなくしゃみをした珠子の周りに温かな風を吹かせてやりながら、深渕は同意した。

祈流は最初から講堂に場所を移すことまで考えていたのだろう。珠子たちの部屋よりさらにさらに寒いその場所で、安選が炭櫃《すびつ》に火をおこした状態で待機していた。

「ほう、思ったより早く認められたようだな。さすが、この先は落ちぶれるしかない師匠とは違うな、珠子」

炎に赤くあぶられた顔で一行を見回し、彼はふふんと笑う。

「そういう言い方は祈流様に失礼ですよ、安選様。本当は祈流様のことが大好きなのに、素直じゃないんだから……」

「は？　誰が誰を？」

真顔で聞き返してくる安選に光円が訝《いぶか》しげな顔をする。

「なんだ、お前らも夫婦なのか？　寺の住民のくせに、あっちもこっちもくっついて……あだっ!?」

安選のこともしっかり知覚できているらしい。不浄な、と言わんばかりに渋い顔をした光円は、無言の祈流が死角から放った術の衝撃を鼻先に食らって悲鳴を上げた。

「貴様、何を……!?」

「まあまあ、光円様、こんな木っ端天狗《てんぐ》の戯《ざ》れ言は聞き流してくださいな」

「いや、今のは完全にお前が……！」

「さあ、火の側へどうぞ。珠子も深渕様と一緒に、いらっしゃい」

「そうしよう。さあ、珠子」

「あ……、はい」

いいのだろうか、と思いはすれど、現状光円の目的も不明だ。ひとまずは話を聞こうと、炭櫃を囲むようにして珠子たちは腰を下ろした。ちろちろと揺れる火灯《ひあか》りを浴びながら、光円も文句を諦《あきら》めて口火を切った。

「まずは改めて名乗ろう。僕は光円。売り出し中の凄腕《すごうで》陰陽師だ」

「売り出し中で、凄腕……」

素直な珠子は、思わずそこを復唱してしまった。深渕が小さく笑い、光円は火灯りとは無関係に顔を赤くする。

「い、いずれは晴明だって超えてやるが、今現在は……その……売り出し中だ!!」

「私は光円様の従者で、柏葉《かしわば》と申します」

これ以上、売り出し中云々《うんぬん》の話を長引かせて主《あるじ》に恥をかかせまいと思ったのだろう。柏葉が間髪を容《い》れず名乗りを上げた。

「なるほど。そんな売り出し中のお二人を、祈流殿は青田買いをしたということか」

「そんなところですわね」

深渕が一歩踏み出し、祈流が同意を示す。

「あっ、祈流様、では本当にこの方の策に乗って式神を放つ許可を出したのですね……!?」

途中で放置されていた案件を確認されて、祈流は悪びれる風なく首を縦に振った。

「ええ、そうですよ。でもあなたと深渕様なら、あの程度の相手など余裕だったでしょう?」

「それは……深渕様がいらっしゃるのですから、もちろん余裕でしたけど！　ですが、万が一ということがあります。預かっている方々に何かあれば、寺を預かる祈流様の声望が下がることになるのですよ!?　いくら一番騒ぎそうな須恵子様たちが、もうお帰りになったからといって……!!」

食ってかかる珠子の主張を聞いて、柏葉は感心しきりだ。

「ほう。ご自分は二の次か。祈流様のおっしゃるとおり、心根の清い方だ……」

「そうとも、さすが我が妻」

うんうんと、深渕も同調したが、光円は賛同しかねる様子だ。

「……ふん、いい子ぶりやがって……」

ぼそりとつぶやいた瞬間、その眼がはっと深渕を追った。妻を溺愛《できあい》していると聞く龍《りゅう》の反応が気になったのだが、深渕は特に表情を動かさず、静かに彼を見返すばかり。

それが一層不気味で、光円は必死に虚勢を張った。

「な、なんだよ、龍」

「……いや、別に。構わないさ、珠子の良さは私が知っていれば」

むしろ嬉《うれ》しそうな微笑みを浮かべた、人外の美貌《びぼう》を彩る赤い炎。恐ろしいほどよく似合うそれを見て、怖気《おぞけ》だった光円は意味もなく咳払《せきばら》いをして顔を背けた。

「ま、まあ、いいだろう。あえて弱い式神を用いたとはいえ、貴様らの実力は分かった。少なくとも今回の件については、役に立つ」

散々回り道をした挙げ句であるが、ようやく光円は本題に入った。

「実は宮廷に、どんな陰陽師《おんみようじ》も退治できないあやかしが出て困り果てている」

おもむろに発された内容に、珠子も深淵もはっと顔を見合わせた。

「えっ、まさか……」

「それは、ここ何年もの間、ずっと伏せりきりと噂の帝《みかど》の病気と関係があるのかな？」

宮廷を脅かす強力なあやかし。そう聞けば、この山奥まで届いている、帝の病気と結びつけるのは当然だろう。深淵さえも少しばかり声を小さくしたが、光円は途端に顔を歪《ゆが》めた。

「――ハ！　まさか。帝のご病気に、貴様らなんぞを関わらせるものか!!」

「そ、そうですよね。深淵様はまだしも、私などはこの方の妻でしかないのですから……」

「ふん、殊勝だな。謙遜《けんそん》も過ぎればかえって嫌味だが……いや、まあ、いい！　だから今回の件は帝には関係ない、望月《もちづき》家の話だ!!」

途中で深渕に睨《にら》まれた光円は、嫌味を放り出して話を進めた。珠子は再び動揺する。

「えっ、望月家……?」

「帝とまでは言わないが、宮廷を二分する勢力の一つじゃないか」

深渕の言うとおりである。寺を維持していくため、自身は山中に引っ込んでいても都の情報収集に余念のない祈流を介し、二人の耳にもその名は時折入ってきていた。

「ああ、そうだ。その望月家のことだ。……いいか、ここからは他言無用。迂闊《うかつ》に漏らせば、命はないものと思え」

ここぞとばかりに光円は声を潜め、念押ししてきた。

「はい！　もちろんですもがっ」

「もうその声がでかいんだよお前は!!　むぐっ」

気合いが入りすぎると空回りしがちな珠子である。講堂の高い天井に響き渡る、力強い返答をした口を深渕が、怒鳴り返した光円の口を柏葉が押さえた。

「ご安心を、光円様。私の術で人払いをしておりますゆえ、多少声を出したところで聞きつけられる心配はありません。とはいえ、油断してはいけませんけどね、珠子。分かったら声を出さずにうなずきなさい」

祈流は弟子の扱いを心得ている。こっくりうなずく彼女の耳元に、同じく妻の扱いを心得ている深渕がささやきかけた。

「今度大きな声を出したら、口を吸うよ」

「ひゃ!? あ、あれ、でも……それは……つまり大声を出したほうが、良いということでは……?」

「ほほほ、深渕様、単純な頭の作りの子をこれ以上混乱させないでくれます?」

いい加減にしろ、を丁寧に言った祈流は、光円に目線で続きを促した。

「くそ、龍の寵愛《ちょうあい》さえなければ……ああ、うう、まあ、それでだ。望月家の話だけどな」

肝心の龍の視線を感じた光円は、珠子を睨むのをやめて説明に入った。

「望月家自体については割愛してよさそうなので省略する。では、次代の当主の座を懸けて、つい最近まで望月の長男と次男が争っていたことは知っているか?」

人前ということもあって、しっかりと唇を引き結んだ珠子は首を横に振った。望月家の存在自体は知っていても、細かな内情までは分からない。

「俺も知らんな」

火の様子を見ながら安選が独りごちる。ここから先は、彼も未知の領域らしい。

「長男の永人《ながひと》と次男の月行《つきゆき》。この二人が呪詛《じゅそ》合戦を行っていたんだが、次男が兄を呪い殺すことに成功した。ところがそれ以来、殺したはずの兄の怨霊《おんりょう》に悩まされ、日に日に衰え続けているという訳だ」

「えっ!? 実のご兄弟で、そんな……!?」

あやかしに苦しめられる村人との確執、須恵子に送りつけられてきた呪い。山寺にいても人の心の暗部に触れる機会は残念ながらあるが、実の兄弟による呪詛合戦という地獄に、珠子は愕然《がくぜん》としてしまった。

「その上、どんな陰陽師を呼んでも、長男の怨霊の姿さえまともに捉《とら》えることができない。何より、帝が伏せっていらっしゃることはすでに知れ渡っている。その状態で、臣下の身がやたらと陰陽師を呼び付けることもできない……」

高名な陰陽師たちは、帝の病平癒の祈禱《きとう》に駆り出されているという訳だ。しかも身内の呪詛合戦の後始末ともなれば、あまり表沙汰《おもてざた》にしたくないのは当たり前だろう。

「だが表向きには、永人様の怨霊は祓《はら》われたことになっている。穢《けが》れを背負った状態では出仕できんからな。ただでさえ身内の争いで声望が落ちているのだから、新当主として存在感を示すためには、出仕せねばならん」

さらりと光円が言った瞬間、珠子は思わず途方に暮れたような声を出してしまった。

「え、そ、それは……いえ、あの……」

「帝のご病気に、良くないのではないかな」

驚きすぎて言葉に詰まった珠子に代わり、深渕が尋ねた。月行の立場では仕方がないのだろうが、現在進行形で怨霊が憑《つ》いている者が出入りして穢れを振りまいているのであれば、帝の病が癒《い》えぬのも当然ではないのか。

「お二方の言うとおりではありますが、帝のご病気は望月家の騒動以前からですからね。それに宮廷には数々の怨霊が集《つど》っている。失礼ながら、永人様の怨霊が加わったところで、大きな影響はないでしょう」

柏葉が本当に失礼な合いの手を入れ、光円が渋面になる。いくらなんでも不敬が過ぎると思ったのだろう。

「お前、いくらこんな山奥とはいえ、誰が聞き耳を立てているか分からないんだぞ？　まったく……まあ、そういうわけでだ。やむなく、正規の陰陽師ではないが、怨霊退治が行える者を探そうという話になってな。お前に白羽の矢が立ったという訳だ、珠子」

山奥の寺の周り限定の活躍であるものの、知らぬうちに評判が広がっていたとみえる。深渕が「もしかして、須恵子が情報源かな」と尋ねると、光円は「そんなところだ」とうなずいた。

「そういえば、須恵子様のお父様が私に会いたがっているとかおっしゃっていましたものね……」

　独りごちる珠子に、光円は改めて頼んだ。

「お前自身はもちろん、お前の夫である深渕の力を借りたい。女房の一人として内密に宮廷入りし、調査をしてくれないか」

「……それは……」

　急すぎる話である。しかし、光円を招き入れたということは、祈流は乗り気なのだろう。寺の切り盛りに常に神経を使っている彼女からすれば、望月家に恩を売れる機会を逃したくないのは当然だ。師の役には立ちたい。

　だが、珠子が優先すべきは、この命を救ってくれた夫なのだ。ゆらゆらと揺れる火灯りに照り映える白皙《はくせき》の美貌を、そっと仰ぎ見た。

「深渕様は、どう思われますか」

「私は珠子の意見に従うよ」

　変わらない言葉。変わらない口調。

　変えたいのならば、珠子が一歩、踏み出さねばなるまい。

「――はい。分かりました。私が、お役に立てるなら」

　意を決してうなずくと、柏葉が確認を投げかけてきた。

「おや、よろしいのですか、珠子殿。月行様の行いを、あまりよく思われていないご様子ですが」

「それは……ええ、失礼ながら、虫の良い頼み事だとは思っています。兄上を呪い殺した挙げ句、その怨霊をどうにかしてくれなんて……」

権力者には権力者の苦労があることも一応分かってはいる珠子だが、真っ先に感じたのは単純な怒りと嫌悪感だった。

「ですが、お説教できるのも命あってこそ。何か深い事情があるのかもしれませんし……それに……、その」

ぐっと拳《こぶし》を握り、珠子はこちらを見ている深渕からさり気なく眼を逸《そ》らした。

「私が名を上げれば、師である祈流様の名も、また上がりましょうし……春子にも、会えるかもしれないし……あっそれに、せっかく都に戻るなら、お父様やお母様にもこっそりお会いできるかも……」

次々と欲望を口にする珠子の横顔を深渕は静かに見守っている。

「何か言いたそうですね、深渕殿」

「いや、別に。珠子がそう願うなら、私は応じるだけさ。入内《じゅだい》せよ、だったらさすがに止めたけどね」

柏葉が水を向けたが、深渕は嘘でも将来の皇后となるような話ではなく、あくまで女房としてなら可とし、それ以上は多くを語らなかった。安選が意味ありげに祈流を見やる。

「お前は師匠想いの可愛い弟子に、何か言うことはないのか？　祈流」

「……別に。懲りない小娘だこと、意外の感想はありませんわよ」

女性であるがゆえに陰陽師としては認められなかった祈流であるが、表立って不服を訴えたことなどないのだ。どこまでも珠子の欲望に過ぎないと、彼女は呆《あき》れ顔である。

「弟子と違って可愛げのない女だ。諫《いさ》めもせんくせに」

「ほほほ、可愛いですわねこの小天狗《てんぐ》は。可愛い可愛い」

「いでで、やめろ贅肉《ぜいにく》に潰《つぶ》される！」

「胸とおっしゃい胸と!!」

安選の小さな体をぐっと引き寄せ、抱き潰さんばかりにする祈流。場の注目を引き戻そうと、光円はぱんと両手を打ち付けた。

「よし、話はまとまったな。では具体的な準備と日程の調整だ。如何様にも対処できるよう、余裕を持って準備をしてきてはいるが……」

とにかくも望む流れになったと見た彼は、次の段階へ話を進めようとしたが、深渕は素っ気ない。

「そちらは君たちに任せるよ。寺の外のことは、私や珠子にはよく分からないからね」

任務の遂行に必要な雑事は自分たちの管轄外である、と委任して、深渕は己の唯一の関心の的を手招く。

「さあ、珠子、おいで」

「はい！　深渕さ……、あ」

小さな火灯《ひあか》りが揺らめく中、少女と龍《りゅう》の影が一つになる。

望月家の惨状に気を取られ、大声を出さない約束を完全に忘れていた珠子は甘い罰を与えられて固まった。

「……やっぱり、大声を出すのは良いことなのでは……？」

余韻に浸りながら思わず口に出した彼女を優しく抱き締めつつ、深渕は冷ややかな眼光で光円と柏葉を突き刺した。

「だが、よく分からないからと言って、愚かな真似をしないように。分かったね？」

「……も、もちろん！　龍の力は、僕もよく理解している!!」

緊張の反動で出た光円の大声が、火灯りを激しく揺らした。

第二章　華やかな毒

深渕《ふかぶち》が念を入れて脅したのが効いたのか、都への旅路に大きな苦労はなかった。

光円《こうえん》が臨機応変に対応できるだけの準備をしてきていたのは本当だった。山を下りるまではそれぞれの足で歩く必要はあるものの、それ以外に必要なものは潤沢に備えている。

珠子《たまこ》の快諾もあり、光円たちが寺に来た二日後には、一行は山座寺《やまくらでら》を出て都へ向かっていた。

「お疲れではありませんか、珠子殿」

「ええ、大丈夫です、柏葉《かしわば》様。お気遣いありがとうございます」

寺を出て二日目の昼。本日三度目の休憩となり、苔生《こけむ》した岩の上に座って汗を拭《ふ》いていた珠子は柏葉に笑顔を見せた。

「こんなに何度も休憩をせずとも大丈夫ですよ？　昔は体の弱かった私ですが、今では体力は売るほどありますので！」

謙遜《けんそん》でもなんでもなく、珠子は元気一杯である。少女の体力に合わせ、日程も相当に余裕を見て組まれている様子だが、なにせ珠子には龍の加護が付いているのだ。寺に入って以来、ここまで山を下りるのは初めてだったが、現状は程良い運動でしかない。

都が近くなるにつれ、時々出てくる怨霊《おんりょう》の類《たぐ》いは力を増している。だがそれも、珠子と深渕の敵ではない。光円も最高位の陰陽師《おんみょうじ》ではないにせよ、野心を持つだけの実力はあり、寄ってくる怨霊を散らす作業は適度な息抜きにさえなっていた。たまに人間の夜盗なども襲ってくるが、末路は同じである。

「それは羨《うらや》ましい。可能なら是非売ってほしいものです」

目尻《めじり》に小さなしわを寄せ、柏葉は羨ましがってみせた。

「なに、実は私のための休憩なのですよ。年のせいか、最近体力の衰えが激しくてね……」

「謙遜なさらないでください。持久力はもしかしたら、お若い時より少し落ちてしまっているかもしれないですが……それでも、柏葉様の身のこなしはすばらしいです！」

柏葉は直接怨霊と戦うことこそできないものの、光円の薫陶を受けているそうで感知が可能。だから深渕や安選《あんせん》と会話もできるし、自力で攻撃を避けることができるだけでも、守る側としては大助かりなのだ。

「はは、愛宕山《あたごやま》の天狗の手ほどきを受けたあなたに褒められると鼻が高いですね。良い弟子をお持ちだ、安選殿」

そう言って、柏葉はそつなく安選に微笑みかけた。先日に引き続き、祈流《いのる》より働いてきなさいと申し付けられた彼は、渋々ながら同行してくれているのだ。

「大したことはしていないさ。俺など、しょせんは木っ端天狗だ」

頭上で細い肩を竦《すく》める師匠の自虐も、珠子はすぐさま否定する。

「そんなことはありません、安選様。安選様は優れた師匠です！」

「は、相手のいいところしか見えないやつに褒められてもな……」

信憑性《しんぴょうせい》がないと彼は素っ気ない態度を示すが、柏葉は珠子を支持した。

「いや、本当に珠子様は良い師匠に恵まれていらっしゃる。安選様や祈流様もですが、深渕様にも教えを受けていらっしゃるので？」

「え？」

そんなことを聞かれたのは初めてだ。戸惑いながら、珠子は首を振った。

「まさか、深渕様は龍神《りゅうじん》様なのですよ？　私などに、あの方の真似ができるはずがありません」

「ま、そりゃそうだな。あいつの力は、人間とは規格そのものが違う。習ったところで、意味はないさ」

否定的な言葉には、ひねくれ者の安選はすぐ同意してくれる。

「ええ、そうなんです！　深渕様は大変すばらしくて美しくて気高くて強くてかっこよくて優しい方……」

「ああそうだな、はいはい」

毎度繰り返される珠子の深渕絶賛には、反論するといつまでも食い下がられるので雑に同意してくれる。

「確かに深渕様は、あらゆる点で優れた方でいらっしゃる。珠子様がそこまで惚《ほ》れ込むのも、無理からぬことです」

柏葉は心から同意してくれた。まだ出会ってから日も浅い彼の見せた物分かりの良さに、珠子は熱いものが胸に満ちるのを覚えた。

「柏葉様、なんて理解の早い御方……京に行っても、春子《はるこ》と再会できるかどうかは分かりませんけど、柏葉様がいてくだされば、あ、ごめんなさい！」

まだ寂しさが抜けきっていないため、うっかりと口が滑った。年齢も性別もまるで違う少女と彼を並べてしまい、赤面する珠子に柏葉は物分かりのいい笑顔を見せる。

「春子というのは、確か須恵子《すえこ》様の侍女でしたか。そうか、珠子様とも仲が良かったのですね」

「は、はい……とっても、いい子なんです！　一緒にいると、安心できて……」

「なるほど、そのような方の代わりに選ばれるとは光栄です」

人を逸らさぬ笑みを絶やさず柏葉は笑い、安選は「さすが、あの光円の世話ができる器だな」と皮肉を飛ばす。それにもただ微笑むばかりの柏葉は、ふと話を変えた。

「しかし、深渕様はずっと人の姿でいらっしゃるのですね。これもまた、珠子様への深き愛ゆえですか」

「まあ、そんな……そうなのかな……だったら嬉《うれ》しいのですけど……！」

もじもじとしたのも束の間、柏葉への信頼感がつい口を滑らせた。

「なんとなく、ですけど……深渕様は、龍の姿を取るのがお嫌いのような気がして」

「ほう」

興味深そうな顔をする柏葉。安選も思うところのある様子でうなずいた。

「確かにな。四六時中お前にべったりで、住処《すみか》の湖に戻ることもほとんどない」

「『船遊び』も飛行も、あまりいい顔をされませんものね」

とにかく龍の姿を取ることを避けている節があるのだ。珠子だって恩人であり、愛する夫である彼の気持ちを尊重したいのだが、

「外《と》つ国の龍であることで、つらい思いもされてきたのでしょう。だけど、あの方の本当の姿ですもの。時々はお見せいただきたいなって、あっ」

「盛り上がっているようだね」

するりと姿を現したのは、話題の主である深渕だ。

「あら、そういえば、どちらにいらしたの？　お姿が見えませんでしたね」

「ああ、ちょっと光円殿に捕まっていてね」

珠子が柏葉と話していた間、深渕はその主《あるじ》としゃべっていたらしい。

「彼は大層龍に興味があるようだ。しかし、少々不躾《ぶしつけ》な問いも多かったので、軽くお灸《きゅう》を据えておいたよ」

微笑んだ深渕の声を追いかけるように、光円の声が聞こえてきた。

「おーい！　馬鹿、いや、ごめんなさい！　降ろせ！　降ろしてくださーい!!」

やけにその声が遠い。そして高い。音の発生源を探して見上げた珠子は、高い木の枝に引っかかって震えている光円を見つけた。

「ははは、君がどれぐらい風を操れるか教えろと言うから、実体験させてあげたのに」

「まあ、深渕様ったら……ちょっぴりお龍柄が悪い深渕様も新鮮です……」

「ははは、珠子様、それには同感ですが、私の主を降ろしてくださるようお願いしていただけると助かりますね」

つい深渕への賞賛が先に出てしまった珠子を、柏葉がやんわりと軌道修正した。

木から適当に降ろされた光円が派手に尻《しり》を打つなどの事故はあったものの、予定どおりの日程で愛宕山を下りた珠子たちは、そのまま都へ向かった。だが帝《みかど》の住まいである大内《だいだい》裏《り》へ行く前に、いったん光円の縁者の家に寄って、旅の疲れを取りつつ出仕の準備をすることになった。

「……ふう」

侍女たちに取り囲まれ、用意されていた衣装に着替えた珠子は、几帳《きちょう》の向こうから出てきた瞬間によろけて深渕に支えられてしまう。深渕が見えていないらしき侍女たちは一瞬ぎょっとした顔をしたが、陰陽師である光円の縁者だからだろう。すぐに素知らぬ表情に戻った。

「大丈夫かい？　珠子」

「も、申し訳ありません。十二単《じゅうにひとえ》にも、かもじにも慣れなくて……」

ずるずると裾《すそ》を引く、幾重にも重なった装束と長髪は見目麗しいが、体への負荷が激しい。山を下りた時点では元気だった珠子であるが、動き回った際の消耗とは異なる疲労を感じ、早くもぐったりしていた。

「白粉《おしろい》のせいもあるかもしれません。なんだか、息苦しくて」

「そうだね。だけど、さすがに宮廷入りする女房が白粉を塗らないわけにもいかない」

せめてとばかりに優しく手を握ってくれる深渕だが、だからこそ、珠子は自力で体を支えようと踏ん張った。

「いいえ、大丈夫です。すぐに慣れてみせます！　頭が後ろに引っ張られるようで、重心が分かりにくいですが、薙刀《なぎなた》を振り回す要領でどうにかなるはず。ですよね、安選様！」

「あーそうだそうだ」

安選は適当な相槌《あいづち》を寄越すが、深渕は気遣わしげな眼をしたままだ。

「そうかい？　どうせ大抵の連中には私が見えないのだし、ずっと抱いてあげていても問題はないよ」

「いいえ、一人で歩くこともできないようでは調査など……ひゃあ!!」

そう豪語して深渕から離れた珠子であるが、裾を踏みつけて引っくり返りそうになってしまう。深渕がすばやく支えてくれたが、一瞬遅れて光円も反対側から手助けしてくれた。

「深渕様、それに光円様まで……ありがとうございます」

「べ、別に……」

薄く頬を染め、伏し目がちに照れる光円。愛宕山を下りるまでとは打って変わった態度に、深渕は冷たく微笑んだ。

「おや光円殿、ようやく私の妻の美しさに気付いたのかい？」

「ば……っ！」

否定しようとした光円であるが、途中で悔しそうに口をつぐんだ。

「いや……まあ、でも、お前、きれい、だよ」

白粉を丁寧に塗り、頬と唇に紅を差された珠子は、普段の健康美とは正反対の実に当世風の美少女に仕上がっていた。手足にはそれなりに筋肉も付いているのだが、何枚も袿《うちき》を重ねているため体型が隠れている。不慣れな格好に疲れた物憂げな空気も儚《はかな》さを演出していた。

「馬子にも衣装というところだ。祈流と違って若いしな」などと、安選は憎まれ口を叩《たた》き続けているが、光円は彼よりは美に対して素直であるらしい。

「田舎娘だと思っていたけど、ちゃんと化粧をしてまともな着物を着れば、それなりなんだな。やはり女は魔物だ……」

「えっ本当ですか、嬉しい！　着飾ることにあまり興味はありませんが、深渕様の妻に相《ふさ》応《わ》しいなら……あっ」

「そういう君は、やはりしょせんは売り出し中だね」

光円から引き剥《は》がした珠子を胸に抱いて、深渕は皮肉を飛ばす。

「なんだと⁉ 悪かったな、こいつの美に気付けなくて……！」

「ははは、構わないさ。珠子の良さは、私だけが知っていればいいんだ。だから……ね、柏葉殿」

目配せに、柏葉も訳知り顔で応じる。

「ええ、そうですね、深渕殿」

そして彼は、静かに控えている侍女たちに命じた。

「もうちょっと化粧を下手にしてもらいましょうか。白粉を薄めにして、少し日焼けしていることが分かるように」

「この袿の唐紅は今流行している色という話だったね。よく似合っているが、だからこそ外そう。もっと無難で、野暮ったい色味にして……」

「え、なんでだよ、もったいない」

せっかく光円好みの美少女に仕上がっていたのに、わざわざそれを崩すとはどういうことだ。不服そうな彼に、深渕は理由を述べた。

「宮廷で美しすぎる新入りは妬《ねた》まれるからね。さほど位が高くないのに目立ちすぎると、別の問題が起きてしまう」

「……そうでしたね、そういえば」

その手の話は、決して絵巻物の中だけの話ではないのだ。少しだけ気持ちが陰った珠子をよそに、光円は分かったような顔をしている。

「……ああ、そうか。女の世界だものな、宮廷は」

「意中の女性を嫉妬《しっと》の的にしてしまうような、心ない振る舞いをする男性にも責任がありますけどね。本物の貴公子は、特別な女性は元より、全ての女性の心を安らかにするものです」

やんわりと、柏葉は画一的な彼の見方をたしなめた。むっとした様子の彼に、間を置かず頭《こうべ》を垂れる。

「出過ぎたことを言って申し訳ありません、光円様。ですがあなたが名うての陰陽師《おんみょうじ》となれば、宮廷との付き合いも深くなる。その際に女性との付き合いを誤ると、あっという間に地位を失うことになりますよ」

それもまた、よくある話だ。年若い主人を巧みに操作する手腕に、珠子は感心して思わず言ってしまった。

「柏葉様は、本当に物分かりのいい方ですね……光円様も、少し見習われたほうがよろしいのでは」

「おい!?」

「ははは、珠子様は正直な方だ」

ですが、と続けた柏葉が珠子を見る瞳《ひとみ》は、先まで光円に向けていたものと同じ諌《いさ》めの色を含んでいた。

「宮中は人の形をした魑魅魍魎《ちみもうりょう》の跋扈《ばっこ》するところ。言葉は元より、しぐさ、表情、視線。その一つ一つに意味を探られる。あの場所では正直が美徳にならないことも多々ある。今の私のような言い草も、宮廷内で公に発言すると、主を貶《おとし》める無礼者と取られかねない。望月《もちづき》家の問題解決に関わる場面以外では、とにかく目立たないことに徹したほうがよろしいかと」

その声には経験に裏打ちされた、深い実感がこもっていた。

「――は、はい。肝に銘じておきます」

怨霊《おんりょう》相手とは話が違う。叩きのめせばいいという訳ではないのだ。下手をすればまた父母に迷惑をかけてしまうと、珠子は急ぎ反省した。

「いっそ男装する、というのはいかがでしょうか。まだ直衣《のうし》のほうが動きやすそうなのですが……だめだめ、やる前からこんなに弱気では!」

心を偽るだけでも大変なのに、四肢まで拘束されているようで窮屈で仕方がない。つい弱音を吐いてしまった。

「大丈夫だよ、珠子」

あまり経験したことのない努力を強いられ、煩悶《はんもん》する妻の手を深渕はそっと取った。

「最悪の場合、全て私に任せておきなさい。なに、私の本当の姿をちょいと見せてやれば、多少の君の粗相ぐらい吹き飛ぶさ」

「やめろ深渕！　今の状況でおかしな振る舞いをしたら、僕たちが宸襟《しんきん》を騒がせる魑魅魍魎扱いされるだろうが!!」

帝の病、望月家のお家騒動。ただでさえ宮中は不安定なのだ。火種を投下するんじゃないと、光円は青い顔で彼を制した。珠子は苦笑いして首を振る。

「光円様、大丈夫ですよ。深渕様はほんの冗談でおっしゃっているだけですから……それもこれも、私が不甲斐《ふがい》ないせいですね。もっと精進しないと！」

「君は不甲斐なくなどないが、もちろん冗談で言っているんだよ、珠子。私が騒ぎなど起こせば、珠子が責められてしまうじゃないか。そんなことはさせないさ」

どこまでも妻のため、と強調した深渕の目が諭すような色を含んだ。

「だから珠子、宮廷で無闇に私に話しかけてはいけないよ」

「え」

いまだ手は取られたままである。それなのに、二人の間を冷たい風が吹き抜けたように感じた。

思わず深渕を見上げるが、彼は静かに微笑むばかり。さっきのように冗談だよ、と言ってくれる様子はない。

「愛宕山ならいざ知らず、宮廷での君は新参者の女房に過ぎない。それに、表立っては陰陽師を雇えないから、という理由で出仕を請われたのだからね。龍《りゅう》が見えるなんて、ましてや話しかけるなんて、おいそれとしてはいけない。いいね？」

「……はい」

目に見えて意気消沈した珠子であるが、深渕の言うとおりだ。山の中と同じようには振る舞えないのだと、自分に言い聞かせたのだった。

京の都の中央、大内裏正門である朱雀門《すざくもん》まで続く朱雀大路《すざくおおじ》を走る牛車《ぎっしゃ》は数多い。準備を整え、見た目は完璧《かんぺき》に楚々《そそ》とした若き女房となった珠子は、光円が用意してくれた牛車に乗ってその列に混じっていた。

簾《すだれ》の向こうに過ぎる景色を物珍しげに眺めているうちに、首尾良く大内裏に辿《たど》り着いた。

噂には何度か聞いていたが、初めて見る雅《みやび》な建物の群れに少し圧倒されてしまう。

「まあ、ここが帝《みかど》のお住まい……」

外《と》の重《え》に取り囲まれた敷地内に入ってすぐ見えてきた、あれが朝堂院《ちょうどういん》か。ならばあちらは豊楽院《ぶらくいん》だろう。好奇心に瞳を輝かせていたのも束の間、珠子は眉《まゆ》をひそめた。

「……人間以外の方も多いようですね」

あちこちに配された近衛《このえ》たちや行き交う公達《きんだち》、女房たち。その中に混じる異形。幾度も打ち祓《はら》ってきた、もやじみた怨霊がほとんどだが、中には小鬼などの異形、もしくは生前の姿そのままと思《おぼ》しき人の形で徘徊《はいかい》しているモノもいる。

「ここはまさに、人の営みの中心だからね。だからこそ、人の心の影から生まれたモノたちも多い」

早くも影響を受けているのか、顔色を悪くしている妻を深渕は心配そうに見つめた。

「大丈夫かい？　珠子。気分が悪くなったりしないかな」

「少しだけ。でも、すぐに慣れると思います」

熱心に怨霊退治を行っていた珠子であるが、生活の場は聖なる場所である寺だ。祈流の力により守られている山座寺にさえ戻れば、清浄な空気に包まれて心身共に清められていく。がめつい生臭尼僧と罵《ののし》られがちな祈流であるが、その腕前と信心は確かなのだと感じ、師への尊敬の念が一層強くなった。

「祈流のことなど、今さら見直す必要はないぞ。あの女はあれが役目なんだ」

「安選様、どうして私の考えが読めたんですか？　あっそうか、安選様もいつも祈流様のことを考えていらっしゃるから……」

安選は黙った。くすりと笑った深渕が、そっと珠子にささやきかける。

「無理をしないで、帰りたくなったらいつでも言うんだよ。すぐにこんなところから脱出させてあげるから」

「……そりゃいいな。俺もここの空気はあまり好かん」

ばつが悪いのか、不貞腐《ふてくさ》れたように安選まで相槌《あいづち》を打つのを聞いて、光円がぎょっと目を剝《む》く。

「おい、なんだ、ここまで来て！」

「いいえ、大丈夫です……もう慣れてきました！　一度お引き受けしたことです。やり遂げてみせます!!」

光円の言うとおり、あれこれ手間を取らせてしまっているのだ。意気込んで立ち上がった珠子は、その勢いで牛車を降りようとした。

「おっと、牛車は前から降りるんだよ、珠子」

「あ、そうなんですね」

「申し訳ない、そこから知識が必要だったのですね……」

苦笑いしたのは柏葉である。彼は珠子が宮廷で過剰に耳目を集めないほうがいい、と忠告してくれたが、本当に目立たないためにはやってはいけないことも把握しておかねばならない。珠子の知識に不安を感じたらしき柏葉は、道すがらあれこれと基本的な事項を叩《たた》き込んでくれたのだが、彼が思った以上に珠子は宮廷について何も知らない。

「お前、本気であの山奥で寺に籠《こ》もって人生終わりにする気だったんだな」

光円も呆《あき》れている。野心に燃える彼にとって、貴族の子女であれば誰もが一度は夢見る出仕について、まるで想定していない少女というのが想像の埒外《らちがい》なのだ。

「ええ、だって、あそこであれば心置きなく深渕様と暮らせますもの」

父母と滅多に会えないのは悲しいが、彼の手を取らねば珠子の人生はもっと早く終わっていたのだ。ならば、最愛の恩人の側を選択するのは当然だろう。

「おや、なら、やはり愛宕山に帰るかい？　だってこの牛車を降りたら、もう私に話しかけることすらできなくなってしまうよ」

「……もう。意地悪ですね、深渕様！」

引き返せなくなる段階までそうと教えてくれなかった夫の心ない振る舞いを、珠子も少しだけ怒っていたのだ。本当は牛車を降りてからにしようと思っていたが、このように挑発されては仕方がない。

「おっと、さすがの君も怒って……珠子？」

にゅっと伸びてきた手に殴られるとでも思ったのか、甘んじて受けようとしていた深渕は、意外な展開に目を見開いた。

「だから……手は、繋《つな》いでいてもいいでしょう？　見えない方には、分かりませんから」

ぎゅっと深渕の手を握り、珠子ははにかんだ。

「お話しできなくても、こうしていれば、心強いですもの」

「……ああ。もちろんだよ」

深渕も一本取られたという顔で微笑み、妻の同年代の少女と比べれば遥《はる》かに鍛えられた、だが小さくて優しい手を握り返した。

「お前ら、俺は慣れているからいいとしても、依頼主のことを忘れてやるなよ？」

さっさと降りんかと、安選は光円と柏葉に代わって夫婦を促したのだった。


牛車の中で時間を食っている間に慣れたのか、いざ大内裏の中を歩き始めた時には、珠子の気分もある程度落ち着いていた。

「さすが深渕様、きっとこうなることを見越して、わざと意地悪をされたのですね……」

話しかけてはいけないとは分かっているので、一応ただの独り言である。深渕は上品な笑みを浮かべて繋いだ手を握り返してくれ、その他の男性陣は突っ込みを放置して聞き流した。

「さて、では月行《つきゆき》様に挨拶《あいさつ》に行くぞ」

左右を御簾《みす》に囲まれた長い廊下を、珠子は光円の先導でしずしずと歩いていく。殿《しんがり》には柏葉。隣の深渕と頭上の安選は、御簾越しに注がれる大勢の目には映らないだろうことを少し残念に思っている珠子の耳に、ひそやかな声が飛び込んできた。

「ほら、あの子」

「ああ……あの、龍神憑《りゅうじんつ》きか。見てくれはまあまあだな」

ひそやかさを装った、相手の耳に入ると分かった上で放たれたそれは、毒矢に似ている。

「山奥の寺に放り込まれたという話だったのに、望月家のお声がかりで宮廷に入るとはね。いいご身分ですこと」

「成金娘が、どれだけの金を積んだのやら」

男の声もある。女の声もある。共通しているのは、本日が初出仕の年若い少女に対する気遣いが一切ないことだ。

「望月家も、永人《ながひと》様と月行様の騒動で権勢に陰りが見えるからな……」

「どこから湧いてきたお金か分からなくても、貢いでくれる相手にならば縋《すが》らざるを得ないのでしょう。お気の毒に」

おそらくは深渕や柏葉の計らいがなければ、もっと悪し様に罵られていたことだろう。安選がチ、チ、と舌を打ち始め、前を行く光円が心持ち早足になったので、珠子も慌てて速度を上げた。無言の深渕の手を、強く握り締めて。

「こ、光円様お待ちを、まだ少しこの格好で歩くのに慣れなくて」

「うるさい、いいから急げ！」

誰のために早足になったと思っているのかと、光円は小声で彼女を叱りつけた。そのうちに不快な声は消えていった。もちろん珠子を思いやってではなく、月行が宮廷で与えられている部屋が近くなってきたからだ。

「……ふう」

後ろの珠子が思わず、といった調子でため息を漏らしたので、光円はばつの悪そうな顔で振り向いた。

「……大丈夫か？　すまん、お前が今日来るという話がどこからか漏れていたようだな」

「……支度に時間を取りすぎたのかもしれんな」

安選も苦い顔をしている。出仕する前に時間を要したことで、口さがない誰かの目に留まってしまったのだろう。

珠子と深渕が都を追われたのは、深渕の持つ財産を引き寄せる性質が彼女の父母にも伝《でん》播《ぱ》したためだ。元々地位が高くなかったことに加え、娘の病気治癒のため物入りが続いていた貧しい下級貴族の家に、突然領地の作物の出来が良くなったなどの理由で多くの金が舞い込むようになった。

あっという間に評判が立ち、龍神と縁を結んだ娘にあやかりたいと、次々に男たちが文を寄越すようになった。それまでは嫁入り先どころか命すら危うかった少女は、一転して奪い合われ始めたのである。

もちろんすでに珠子は深渕の妻であるのだが、畏《おそ》れを知らぬ求婚者は引きも切らず、このままでは危ない、という話になった。

言うまでもないが、求婚者たちがだ。私を眼にすることすらできないくせに、いい度胸だねぇと微笑む深渕が本気を出さないうちにと、珠子は自ら世俗と縁を切ると言い出したのである。深渕の存在を認めてほしかったのは山々だったが、一人一人説得して回っている間に何人か犠牲者が出そうだったので、渋々妥協したのだ。

当時はそれが、正しい処置だった。龍神の妻争奪戦は強制終了となり、珠子と深渕は愛宕山で穏やかな生活を始めた。

ずっとそれが続くなら、山を降りたりはしなかった。だけど、と、物思いに耽《ふけ》る珠子をよそに、光円は光円で別のことに気を取られている様子だ。

「……そうだな。しかし、珠子も深渕も、もう都を離れて何年も経っている。それなのに、ここまでの反応があるとは……龍《りゅう》の名に、こんなに反応を……」

ぶつぶつ言いながら考え込み始めた光円が、ふと何かに気付いた顔をする。

「いや、待てよ。そもそも……」

「光円様、どうかなさいましたか。お加減でも悪いのですか？」

自分の世界に閉じこもりかけていた光円は、心配そうな珠子に呼びかけられてはっと我に返った。

「あ、いや……そうだ。おい、珠子、気にするな。目立つ新入りへの洗礼だ」

人の心配をしている場合かと、光円は呆れ混じりに慰めてくれる。

「目立てるだけ、ましだと思え。僕などは、初めて宮廷を訪れた際、ほとんどいない者のように扱われた。大した身分もない、安部《あべ》家でも加茂《かも》家でもない陰陽師《おんみようじ》など、物の数にも入らんとな」

陰陽道《おんみようどう》に長《た》けた名家の名を挙げ、彼は悔しそうに頬を歪《ゆが》めた。

「だからこそ……その、今回の件、お前たちに活躍してもらいたいのだ。分かるな？　帰りたいとか、言わないよな？」

「はい、分かっております」

変わらぬ態度が、かえって痛々しく映ったのだろう。見ていられないとばかりに、光円は軽く首を振る。

「あまり虚勢を張るな。今なら側に誰もいないし、深渕と少し話してもいいぞ」

「いいえ、大丈夫です。ちょっと足が疲れた程度で甘えていたら、この先やっていけないだろうし……」

すれ違いに気付き始めた光円は、そっと尋ねた。

「……さっき、いかにも物憂げなため息をついていなかったか？」

「ええ、光円様の歩く速度が速すぎて、少し疲れてしまったので……申し訳ありません、この格好での修行が足りず……」

「紛らわしい!!」

心配してやったのに！　と憤る光円。こっそりため息をつく安選。深渕も意外そうに眼を丸くして、いまだしっかりと繋がれた手を見た。

「……おや、では、私の手を握り締めてきたのは？」

「ああ、それは……いきなり速度を上げたので、深渕様を置いていってしまってはいけないな、と思いまして」

一拍置いて、深渕は耐えきれなくなったように噴き出した。

「ははは、さすが！　さすがだ、私の珠子!!　ではあの、聞こえよがしの悪口も、君にはなんのダメージにもなっていないわけか！」

「だめーじ？」

「ああ、ごめん、ツボに入って興奮してしまった。傷、被害、痛手、そういう意味だよ」

時たま深渕が口にする異国の言語だったようだ。その意味を知った珠子は、考え考えしゃべり始めた。

「なんのだめーじもない、とは言いません。分かっていても、やっぱり……嬉《うれ》しくはありません」

ただでさえ、ここは悪しき心の残影の溜《た》まり場なのだ。そこへ露骨な嫌味の矢を射られれば、ダメージは避けられない。

「でも、事前に柏葉様に、宮廷がどういうところかは教えていただいておりました。光円様の足の速さに気を取られて、悪口の内容があまり耳に残りませんでしたし……何より、深渕様に手を握っていただいていましたし！」

どさくさに紛れて、珠子はぎゅっと深渕の手を握り締めた。

「それに、これだけ嫌われているなら、そうそう近付いてこられることもないでしょうしね！」

正面きってぶつかっていくならまだしも、迷宮のように入り組んだ人の心の暗部に触れ、波風立てずに付き合っていくのは珠子には難しい。しかも宮廷が舞台となれば、単なる本人の感情だけではなく、家の内情、世情、政情、その他諸々《もろもろ》も考慮に入れねばならない。正直面倒くさい。山に帰りたい。

しかし遠巻きにされて言葉のつぶてを投げつけられるなら、ただ無視すればいいだけの話ではある。女房としての立身出世を願うなら媚《こ》びへつらう必要もあろうが、しょせん地位などここに来るための方便に過ぎない。用事が済めば去る身には、内部で動き回るのに必要な最低限の肩書きだけがあればいいのだ。

「これはこれは……光円様も、一本取られましたねぇ」

柏葉が感じ入ったようにつぶやいた。

「もっとも、近付いてこられないかどうかは、まだ分かりませんが。いやいや、珠子殿なら問題ないかもしれませんがね。それにあなたには、深渕様もいらっしゃるのですし」

ちらりと視線を寄越された深渕は、さもありなんとうなずく。

「ですが、気をお引き締めを。この先は位の高い貴族の房が集まる場所。怨霊《おんりょう》の気配は一層濃くなりましょう」

「何より月行様自身が、なかなか気難しい御方だ。いいか、くれぐれも失礼な口をきくんじゃないぞ！　俺がしゃべるから、お前は黙っていろ‼」

願ってもない話だ。珠子は「はい、光円様にお任せします」とうなずくと、しっかり深渕の手を握り直した。


そういうわけで珠子は、素直に唇を閉ざしたままで望月家の当主、月行と対面した。

「お前が例の龍神憑きか。顔を上げよ」

どこか空虚なものを漂わせた声に応じて言われたとおりにすれば、すらりとした見目の良い公達《きんだち》の姿が見えた。深渕には劣るが、いかにも身分の高い、当世風の優美な貴公子である。父と違って、きっと歌もうまいのだろう。

ただし声に含まれた虚《うつ》ろは、整ったその顔をも覆っていた。美しいが覇気のない様は、呪い殺した兄の怨霊に祟《たた》られている弟としては相応《ふさわ》しいのかもしれない。

「でも……」

「おい！」

珠子のつぶやきはごく小さかったのだが、神経を尖《とが》らせていた光円の耳には届いてしまった。

「なんだ、珠子とやら。申せ」

そのせいで月行の気を引いてしまい、名指しされた珠子は慌てて平伏した。

「い、いえ、申し訳ございません！　何でもないんです、どうぞ光円様とお話を」

「気になる。申せ」

青くなっている光円を捨て置き、月行は追及してきた。そうまで言われては答えないわけにもいかず、珠子は恐る恐る顔を上げた。

「ええと、あの……なんだか、ここ、楽です」

「……楽？」

思いがけない返答に、月行は柳眉《りゅうび》をひそめた。

先ほど柏葉に脅されたように、ここに辿《たど》り着くまでの間、強くなっていく怨霊の気配に珠子はぐったりしていた。貴人かつ依頼主の前で申し訳ないが、脇息《きょうそく》に寄りかかる許可をもらわねばと考えていたところだ。さもなければ、いよいよ深渕に頼るか。

しかしいざ、怨霊憑《つ》きと噂の月行の前に出てきたところ、苦しさがすーっと引いていったのだ。不思議に思って見回せば、さっきまで自分たちを取り巻き、隙あらば心の中に押し入ってこようとしていた薄黒いもやのごとき悪意の霧が晴れている。寺の中にでも入ったかのように、きれいさっぱりと。

最初は祈流に準じるような、強力な陰陽術《おんみようじゅつ》によるものかと思った。実際部屋のあちこちに邪気を寄せ付けないための札は貼られているし、陰陽師も数名待機しているのだが、彼等の力によるものだとはなんとなく思えなかった。

「あの……大変失礼なのですが、月行様は本当に怨霊に祟られているのですか……?」

「おい、珠子……!」

彼女の頭上に陣取っていた安選が、もっと早くに止めるべきだったと嘆く。深渕は静観。光円の従者でしかない柏葉は顔を伏せたままだ。珠子自身も調子に乗って余計なことを口にしてしまったと血の気が引いた。

ややあって月行は、静かに光円へと眼を向けた。

「……光円、大丈夫なのか、この娘は」

「は……、申し訳ありません。大船に乗った気持ちで、とは正味の話申し上げにくいですが、正攻法は手が尽きましたので……」

だらだらと冷や汗を垂らしながらの返答に、月行はため息を零《こぼ》す。

「そもそもお前に仲介を頼んだこと自体、正攻法とは言いかねるものな」

今や望月家の当主となった月行であれば、本来なら安部家や加茂家といった陰陽の大家にも依頼を出せるのだ。状況が許さぬゆえに邪道を歩まざるを得ない彼は、自業自得だと己を薄笑う。

「……まあいい。邪道なら私に相応しいさ」

やけになったように微笑んだ月行が、不意に口元を押さえて吐き気を堪《こら》える仕草をした。

疲れたように膝《ひざ》を折り、彼は脇息にもたれかかる。怨霊の気配は感じ取れないが、体調を崩しているのは間違いないらしい。

「私が怨霊に祟られていないと申すか。だがな、兄上はそこにいる。そこでずっと、私を見ていらっしゃる。家督欲しさのあまり、あの方を呪い殺した私をな」

つい、と手元にあった扇を差し上げ、月行は部屋の一角を指した。

「そちらに、ですか……？」

珠子も他の面々も、月行の示す方向を見つめるが、

「ううん……怨霊の気配……あるような……ないような……」

言われてみれば、なんとなく何かが見える気もするのだが、それはここに来る寸前まで

あたりを席巻《せっけん》していた雑多な悪意の霧ではなかろうか。月行の口ぶりだと、永人は生前の姿をかなり保っているように聞こえる。

多くの魑魅魍魎《ちみもうりょう》の類《たぐ》いは、人間の悪意が寄り集まって形作られる。逆に言えば、特定の誰かの形を明確に取っているということは、その一人の強烈な恨みが単独で怨霊となるほどの力を有している、ということだ。

それだけの力を持ちながら珠子にも他の陰陽師にも視認すらできないとなると、下手をすれば平安京《へいあんきょう》への遷都の原因となった、不遇な皇族も真っ青の存在である可能性がある。

永人の力があまりにも強大すぎて、他の怨霊が近づけないため、結果として月行の周りは清浄になっているのだろうか。

「ど……どうでしょう？　深渕様」

「――そうだね。私にも見えない」

「えっ、深渕様にも……!?　だめーじ……!!」

まさかの返答に、覚えたばかりの単語が口から出てしまった。ちょっと使い方が違うかもしれないが、深渕絶対最強主義である珠子の精神は痛手を受けたのだから、あながち間違ってもいないだろう。

「なるほど、そこに噂の龍神《りゅうじん》がいるのか」

「え、ええ……はい、深渕様です！　こちらに天狗《てんぐ》の安選様もいらっしゃいます!!」

一瞬迷ったが、珠子は龍神の妻であることを買われて参内《さんだい》したのだ。水を向けられたなら紹介せねばなるまい。勇んで応じた珠子に月行は、「……そうなのだな」とうなずき、珠子の隣と彼女の頭上にいると思《おぼ》しき存在に向かって軽く目礼してみせた。

「龍神にも龍神の妻の眼にも天狗の眼にも映らぬとなると、兄上はよほど位の高い怨霊になったものと見える。まあ、無理もない話だ。元々兄上のほうが跡継ぎには相応しいと、誰もが思っていた。それなのに、兄上の母君のほうが身分が低いばかりに、いつも不当に扱われて……」

物憂げにつぶやいた彼がまた小さな咳《せき》をしたので、珠子は恐縮した。

「も、申し訳ありません。お体を悪くしていらっしゃるのに……」

「ああ、そうだ。せっかく山奥から来てもらったのに悪いが、お前も期待外れのようだな、龍神の妻よ。お前さえ来てくれれば、全て丸く収まるような触れ込みだったが、いささか当てが外れた」

皮肉に光円も身を竦《すく》めている。とはいえ月行は、すぐさま珠子や深渕は不合格だと放り出す気はないようだった。

「……まあいいさ。私の人生はいつもこうだ。いつも詰めが甘い。最後の最後でうまくいかない。兄上とは逆だな」

皮肉の刃《やいば》を己の胸に突き立て、月行は兄がいると示した方向を見やる。

「ついに勝てたと思っていたのに……」

己を苦しめる怨霊を見ているはずなのに、その眼は恐ろしさよりまぶしさを感じたように細められた。

「……疲れた。私は眠る。遠いところを来てもらったのだ、せいぜいがんばって兄上を天へ送って差し上げてくれ」

投げやりに言い置いて、月行は珠子たちを追い払おうとするが、まだ彼や兄について何も聞けていない。これでは何から手を付ければいいのか分からない。

「あの、でも、もう少し情報を……」

「私と兄上の醜聞なら宮廷中に広く知れ渡っている。誰にでも聞けばいい。……自分でそれを口にする気力がないのだ。下がれ」

月行の房を追い出された珠子たちは、取り急ぎ彼の房の近くに用意された珠子の房へと入った。

「確かに、難しい方のようですね……」

眉間《みけん》にしわを寄せ、珠子はうなる。月行の側を離れたことにより、悪意の霧がまた周囲に復活してきたことも相まって、気分が重かった。

「おおまかなことは、すでに光円様から伺っておりますが……あの、大変失礼ですが、月行様がおっしゃるように、兄君様のほうが評判が良かったのですか？」

「おい、もうちょっと言い方を……！」

光円が諫《いさ》めたが、深渕は妻を支持した。

「まあ、いいじゃないか。ご本人もそれは認めているのだし、そこを伏せては事件の全貌《ぜんぼう》が見えてこないよ。内輪の話なのだから、貴族特有の持って回った言い回しは無駄なだけだろう？」

仮に月行の耳に入ったとしても、さっきのように疲れた笑みを浮かべるだけだろう。一呼吸置いて、光円も深渕の言い分を認めた。

「はっきり言えば、そうだ。いや、月行様も決して声望が低い訳じゃないんだが、そつがなさすぎるというか……その点、永人様は失礼ながらちょっと朴念仁であらせられたが、妙に人好きのするおかしみがあると評判でな」

兄弟二人、帝《みかど》の前で舞を披露した時の逸話がもっとも顕著である、と光円は教えてくれた。完璧《かんぺき》に型をこなしたのは月行で、永人は共に舞った童《わらわ》の動きに引っ張られたらしく、ところどころ動きが怪しいところがあった。元々あまり貴族の嗜《たしな》みに明るいとは言えない永人だったので、その場は微笑ましいものとして話は終わった。

しかし後日、その童が「永人様はうまく舞えない私に合わせてくださったのです」と周囲に漏らしたことで評価は一変。そもそも彼は歌はさほどだが、体を動かすことには優れており、そんな彼が下手な舞を披露したことを奇妙に思う人々もいたのだ。永人様は心の優しい方だと、誰もが噂したのだった。

「完璧主義者で、自他共に厳しい月行様と違って、永人様はご自身には厳しいが他人には鷹揚《おうよう》であらせられて……なまじ名家の方なだけに、そういう人柄に魅力を感じる者が多いのですよ」

柏葉も苦笑気味に兄弟の世間での評価を教えてくれる。

「なるほどな、人間世界はそつがないだけではだめか。俺としては、そう言われると逆に月行を応援してやりたくなるな！」

世間の評価に逆行することを好む安選は、かえって月行の評価が上がった様子だ。

「じょ、上手に踊っただけでは、だめなのですか。宮廷の作法は奥が深いですね……」

永人は優しい男だと思うが、月行だってきっと一生懸命練習して舞を披露したのだろうに。そこは評価に含まれないのかと、珠子は面食らうばかりだ。

「確かに月行様には、実のお兄様を呪った挙げ句に呪い返しを食らい、それをどうにもできずに私などの力まで借りねばならなくなったというような、情けないところはある、ような……？」

「お前それ、絶対に月行様の前で言うなよ？　絶対だぞ？」

宮廷の作法に従って裏を読もうとするあまり、ただのあら探しになってしまっている珠子。黙っていろ、と事前に申し付けておいて正解だったと光円は今さら噴き出てきた冷や汗を拭《ぬぐ》った。

「趣、というものが重視される世界ですからね。正直永人様は、貴族世界でやっていけるお人柄ではないと見る向きもありましたが、だからこそ彼を望月家の跡継ぎにしたいと考える者もいた」

「まあ、向いていない人を跡継ぎにして、苦労させるつもりだったんですか!?」

続く柏葉の説明には、率直な憤りを感じてしまった。しかし柏葉は、珠子の怒りは単純すぎると首を振る。

「いえ、そんな程度の話ではありません。向いていない方が跡継ぎになれば、望月家の権勢も陰るだろうと。そう考える者がいた、という話です」

「えっ、えっ……？」

話が理解できず、おろおろする珠子に深渕が横から教えてくれた。

「本心では永人様も月行様も失脚させたいけれど、表立ってそう言う訳にはいかないので、わざと永人様を推していたという訳さ。……人間は、ひどいことを考えるものだねぇ」

「む、難しい……！」

兄弟同士だけではなく、彼等の栄枯盛衰に影響を受ける人々の思惑まで考えに入れなければならないのか。単純な珠子の頭では到底捌《さば》ききれない情報量だ。

「どうしてそんなに面倒な真似をしなければならないのですか？　それならいっそ、お二人で決闘でもされて、勝ち残ったほうを当主とするほうがましでは……！」

「駄目に決まってるだろうが!!」

込み入った人間関係についていけなくなり、力ずくで一挙解決を図る珠子を光円は諌めたが、あまりに単細胞な言いようが今度は柏葉のツボに入ったらしい。

「ははは、それはいい。生き残ったほうが家督を継ぐ、実に分かりやすい！　いやいや、いっそ宮廷ごと吹き飛ばしてしまえば、全て解決するかもしれませんねぇ!!　深渕様の力があれば、きっと可能でしょうとも!!」

慎み深い従者らしさをなげうって大笑いした柏葉は、呆気《あっけ》に取られている一同を見回し

「失礼」と咳払《せきばら》いした。

「まあ、ですが、そういうわけにもいかないのです。ですから珠子様、あなたの手腕には期待しております」

「そうだぞ、珠子。お前は僕たちと違って女で、龍神憑《りゅうじんつ》き……いや、妻なんだ。望月家のご兄弟について、違う視点から考えられる可能性はある。言っておくが、違う可能性というのは、宮廷ごと吹き飛ばす話じゃないからな？」

きちんと否定しておかねばならないと危ぶんだのだろう。丁寧に言い直す光円に、珠子はこくりとうなずいた。

「確かに、女房同士の噂話などから、新しい情報が拾える可能性はありますね。深渕様や安選様のお力も借りられますし」

「そういうことだ。いいか、絶対に目立たず、騒がず、慎重に情報を集めるところから始めろよ。珠子だけじゃない、深渕もだ！」

「肝に銘じておくよ」

あまり信憑性《しんぴょうせい》のない笑みを浮かべて請け合った深渕は、ところで、と話題を転じた。

「柏葉。先ほど君が言った、望月兄弟の共倒れを願う者たちというのは、つまりは楠木家《くすのき》の者たちと考えていいのかな？」

「ああ……、そういうお話になるのですね」

楠木とは、望月と宮廷内の勢力を二分する名家の名である。珠子も名前ぐらいは知っている。

「……願ってはいるでしょうね」

なんとも言い難い顔で柏葉は短く認めた。

「それはそうだろうな。特に、現在の当主である田麻呂《たまろ》の奴と腹心の常当《つねあて》は、宮廷に巣食う古狸。家の名を振りかざす傾向が強く、月行様より遥《はる》かに嫌われていて、僕にも……おっと」

うっかりと口を滑らせた光円は、咳払いして口を閉ざした。売り出し中の身である彼は、楠木の者たちに心ない対応をされたことがあるのだろう。

「いや、まあ、これは余計な話だな。楠木家が永人様の呪殺《じゅさつ》に絡んでいる可能性など、誰もが考えつく。すでに何度も検証済みだが、決定的な証拠は得られていいな……」

「光円、それ以上は私たちの判断を曇らせるだけではないかな」

それこそ余計な話だと、深渕が諌めにかかる。柏葉の返答が短かったのも、珠子たちにはまっさらなところから推理してほしい、との判断からのはずだ。光円はばつが悪そうに身を竦めたが、珠子はついこう言ってしまった。

「まあ、光円様、楠木家の方にいじめられましたの？　ひどい方たちなんですね……！」

思わぬところを聞き留められ、光円はきょとんとする。

「い、いや、別にそれはどうでもいいだろう。そもそも僕は、お前に庇《かば》われる筋合いはないぞ？　その……、じ、自分で言うのもなんだが、お前を利用しようとして連れて来たのだし……」

「……それは……、お互い様ですから。私にだって、目的があります」

私も、深渕様とのことのために、あなたを。身勝手な思いが口の中を苦くし、それをごまかすために一層、珠子の語気は強くなる。

「……そう！　祈流様の名を上げるという、崇高なる目的が!!　そのために宮廷へ出仕するという方法は、光円様より提案いただかねば思いつきもしなかったでしょう。その点では恩人なのですから、そんなあなたを悪く扱った方々に腹が立つのは当然です！」

安選は「お前は本当にあの女が好きだな」と呆《あき》れているが、深渕は誇らしげな、それでいてどこか寂しげな、様々な感情の入り交じった表情で珠子を見つめた。

「珠子は本当に、誰にでも優しいね」

そう言って髪を撫《な》でる夫の手こそが優しくて、珠子は首を振った。

「とんでもありません、深渕様。私は……私は、いつだってあなたが一番ですから！」

だから、あなたも。その先を言えぬまま、珠子はそっと眼を伏せたのだった。

第三章　月を陰らせるもの

こうして珠子《たまこ》の宮廷生活は始まった。

表向きは新参の女房であり、通常であれば先輩の指導を受けつつ雑務から順に慣れていくところだが、珠子の目的は宮廷に馴染《なじ》むことではない。月行《つきゆき》からもその旨は内々に指示が出ているため、指導役として付けられたのは彼の乳母も務めたという古参の女房、萩野《はぎの》だった。

「これはこれは、愛宕《あたご》の山から可愛らしい姫君が降りていらしたこと」

参内《さんだい》して二日目の朝。いかにもおっとりと、人の良さそうな笑顔で、彼女は自分の房へと珠子を迎え入れてくれた。雰囲気は正反対だが、年齢は母の真砂子《まさこ》とさほど変わらないぐらいだろう。

「あなたが龍神、深渕《ふかぶち》様の妻である珠子様ですね？　わたくしは萩野と申します、どうぞよろしくお願いします」

「まあ……柏葉《かしわば》様より、だいぶ春子《はるこ》……」

「落ち着け珠子、春子判定が早すぎる！　深渕の存在を認めればなんでもいいのか!?」

受け流しきったつもりだったが、参内直後に受けた言葉の矢傷が残っているのだろうか。思わぬところで得られた安らぎに気が緩み、口を滑らせた珠子を頭上の安選《あんせん》がすばやく止めたが間に合わなかった。だが萩野は、安選の声も姿も認識できないながらも奇異な眼を向けることなく、やんわりと言い直してくれた。

「ごめんなさい、聞き取りにくかったかしら。私は春子ではなく、萩野と申します」

「あっ、いえっ！　私のほうこそごめんなさい、萩野様。つい……」

お母様のことも思い出してしまって、と言いかけて、珠子は語尾を曖昧《あいまい》に濁した。そんな彼女を、萩野は指導者の眼で見やる。

「萩野で構いません……と言いたいところですが、こちらにいらっしゃる間はそのようにお呼びいただいたほうがいいでしょうね。そのほうが、角も立たないでしょうし。では、あなたのことも珠子と呼ばせていただきますね」

参内した瞬間、悪意の渦に巻かれた珠子である。すでに耳目を集めている状態であり、当面の間は好奇心の的であり続けるだろう。付け入る隙を与えるべきではないと、萩野は思っているようだった。

「なるほど、彼女なら珠子の良き手本になるだろう」

珠子の隣で、その手を握った深渕は正しい人選だとうなずいている。警戒されぬよう、光円《こうえん》も柏葉も側を離れた。人の眼に映らぬ深渕や安選とはおおっぴらには話せないし、彼等も宮廷内の事情にそこまで詳しい訳ではない。情報収集のお目付役としては最適だろう。

「早速ですが萩野様、萩野様の眼から見て月行様と永人《ながひと》様はどういう方々でした？」

そして彼女は、望月《もちづき》家の兄弟についても詳しい相手だ。まずは萩野から情報を得ようと、珠子は質問を始めた。

「おやおや、まあまあ。率直な方ですこと」

あまりの直截《ちょくせつ》ぶりに安選も止める暇がなかったぐらいだ。先の失態を挽回《ばんかい》しようと、猪《ちょ》突猛進《とつもうしん》してしまった珠子を萩野は微笑みながらたしなめた。

「ご、ごめんなさい！　そうでした、ここでは万事、さり気なく、何気なく……!!　かつ、一刻も早い事態の回収を……!!」

矛盾の板挟みになって煩悶《はんもん》する珠子を見つめる萩野の視線が、少し柔らかくなった。

「まあ、珠子は優しいのね。そこまで月行様を思って……」

「いえ！」

撥《は》ね付けられて、それまでゆったりとした微笑みを保っていた萩野も驚いた顔になった。

「それは……それもありますが……そうじゃないんです。私は……私はただ、自分の目的のため、に……」

「……おい、珠子。さり気なく、何気なくはどこに行った？」

最早どうにもならぬと、呆れる安選。深渕もおやおや、という顔をし、萩野はふふっと少女のように笑った。

「本当に、率直な方ねぇ」

「ご……ごめんなさい！　月行様のためでもあります、もちろん!!」

「ええ、ええ、分かっていますよ」

青くなる珠子であるが、なぜか萩野は楽しそうである。

「ですが、ひとまずは、皆様のお話を聞いてからのほうがよろしいでしょう。わたくしは月行様の乳母を務めておりましたし、今でもあの方のことが可愛くて仕方がないのです。だからどうしても、あの方の贔屓《ひいき》をしてしまいます」

珠子の率直さに応じるように、彼女はしれっとそう言ってのけた。

「な……なるほど、萩野様も意外と率直な方なのですね。そして月行様は、あなたのような方をこの件に選ぶ御方……」

自分では予断を与えてしまう、との回答に珠子は慎重にうなずいた。宮廷の人々の迂遠《うえん》さに慣れぬ珠子にも、萩野が言いたいことは分かった。その人柄を知りつつも、自分に彼女を付けてくれた月行の公平さも。

「少し、月行様のことが分かった気がします。では参りましょう、萩野様。もっともっと、月行様と永人様のことを教えていただかねば……！」

重いかもじにも、重なった袿《うちき》にも、夕べのうちに部屋の中を何周もして体を慣らした。準備は万端、頭の上には安選もいるし深渕に手も握ってもらっている。萩野の部屋の中にさえ漂う悪意の霧も、昨日に比べれば慣れてきた。

「……わたくしも、あなたを少し理解しましたよ、珠子。どうか、月行様を救って差し上げて……」

そっとつぶやいた萩野は、張り切る珠子を先導して宮廷内の案内を始めた。

新人女房のお披露目を名目に、珠子は萩野に連れられて内裏の中をあちらこちらと歩き回った。そして行き会う人々から、望月兄弟の情報を引き出していった。

「初めまして、珠子と申します。望月家の月行様のお召しにより参内いたしました」

そうやって彼女が切り出すたびに、誰もが一様にうっすらとした侮蔑《ぶべつ》と好奇を瞳《ひとみ》に浮かべる。これが例の龍神《りゅうじん》の妻か、白々しい、とでも言いたげに。

しかし、側で萩野がさり気なく眼を光らせているためだろう。御簾《みす》越しという匿名性もないためか、表立って嫌味を言われるようなことはあまりなかった。

だが、望月家の兄弟については、こちらから話を振るのだ。気が咎《とが》めるのか、萩野をちらりと見ては最初は言を左右にする者も多いが、萩野も「……新人の教育に必要なのです、忌憚《きたん》のないご意見を」と口添えする。水を向けられれば、元々貴族たちは噂好きである。そして、多くが己の頭の上に君臨する望月家に何かしら含むところがある。

「月行様、ですか。そうですね。よくできた方、だと思いますよ。それだけ、とも言えますが」

「永人様もねぇ……愛嬌《あいきよう》があると言えば聞こえはいいが、はっきり言って望月家に相応《ふさわ》しい格を備えていらっしゃるとは思えなかったな。母親同様、下働きでもしていたほうがご本人にとっても幸せだったのでは？」

「月行様はその点、優雅ではあらせられる。どこまでも模倣の優雅さではあるが。本歌取りなどは得意でいらっしゃるが、あれは盗古歌《こかをとる》との批判も強いからな」

「ですけど、永人様の歌は本当に見たものを詠むだけで、技巧はあまり感じられなかったですね。紙や香の選び方も品に欠けていて、あれなら定石どおりの弟君のほうがましですわよ」

次から次へと、よく出てくるものである。好き勝手な評価を聞いているだけで気分が悪くなったのか、安選はうんざりして、五組目の聞き取りが終わったあたりから完全にそっぽを向いていた。

「陰陽師《おんみょうじ》の類《たぐ》いでなければ、俺の姿は見えんからな。お前という異分子が来たことで、尻尾《しっぽ》を出すやつもいるかもしれない。……という名目で、俺はこの下らん仕事から離れて好きにやらせてもらうぞ」

「は、はい。お願いします、安選様！」

「任せるよ。そういうことができるのが、私たちの強みなんだからね」

珠子と深渕は快く彼を見送り、それからさらに五組の聞き取りを行った。

「珠子も、そろそろ休憩をすればどうだい」

「……い、いいえ」

側に人もいないため、話しかけてきた深渕の気遣いに、珠子はふるふると首を振る。望まれたこととはいえ、楽しげに望月兄弟の評価を披露した貴族たちに頭を下げては別れを繰り返すうちに、珠子たちは涼しげな風が吹く渡り廊下に辿《たど》り着いていた。

ただし、いくら風が吹いたところで、粘つくような悪意の霧までは振り払えない。白粉《おしろい》に隠された珠子の顔は血の気が引いて、輝くような健康美が薄れていることを深渕は敏感に察知していた。

「だけど、さっきから、ぎゅうぎゅうと私の手を握ってくるじゃないか。まだ調査を始めたばかりなんだ。無理をするものではないよ、疲れたのだろう？」

「そんなことは……ただ、こちらから聞いておいてなんですが、みなさん失礼なことばかりおっしゃるので、つい手に力が入ってしまって……！　油断すると、殴りかかってしまいそうで……!!」

気分が悪くてすがりたい、というより、怒りを制御するための副産物なのだと聞いて、深渕の眼が丸くなる。

「……はは！　そういうことか。純粋に怒っている珠子には悪いが、ここでは我が妻の新たな魅力を次々と発見できる。来た甲斐《かい》があったというものだね」

人の悪い、もとい龍《りゅう》の悪い笑みを浮かべ、深渕は楽しげだ。

「でも、怒りも人を消耗させる。ただでさえ宮廷は君の身には毒なんだ。昼餉《ひるげ》の時間も近付いてきたし、一息入れてもいいんじゃないかな。君まで月行に合わせることはない」

兄の呪いにより月行は、あらゆる食べ物から腐った匂いがするように感じられるのだそうだ。そのため満足に食事ができず、あのように衰えているのだという。

萩野は深渕の声が聞こえる訳ではないが、彼女も頃合いだと思っていたようだ。時を同じくして、珠子に声をかけてきた。

「そろそろ休憩しましょうか、珠子」

「いえ、大丈夫です、萩野様。まだやれます！」

彼女のためにも、一刻も早く望月兄弟について詳しく知りたいと勇む珠子に萩野は苦笑を浮かべた。

「ごめんなさいね、わたくしが少し疲れてしまったの。分かってはいましたが、こうも続けてご兄弟の口さがない噂を聞くとね……」

言われて珠子ははっとした。穏やかな仮面を被《かぶ》り慣れているのだろう、一見萩野に大きな変化は見受けられないが、彼女は月行の信任を受けて遣わされた存在。彼への偏愛を自覚し、自分の評価は後回しにした奥ゆかしい人物であるが、さすがに言われっぱなしは堪《こた》えたのだろう。

「申し訳ありません、萩野様！　私、本当に気が回らなくて……萩野様のためにも、やっぱり一発ぐらい殴っておけばよかった……!!」

「大丈夫ですよ、珠子。人には向き不向きがありますからね」

その気の回し方も違うと、萩野は遠回しに駄目出しをしてきた。

「君が望むなら、今からでも殴ってこようか？　珠子」

深淵がさらに余計な気を回す。

「いいえ、だめです深淵様。腹が立っているのは私なのですから、私が殴らなければ！　それに、深淵様では一方的に殴ることになってしまいます。あちらが殴り返せる状態ではないのに、殴りかかってはいけません……!!」

「今日はやけに好戦的だね、珠子。ははあ、さては運動不足のせいもあるね？　君は体を動かすのが好きだからなぁ」

「うーん、やはり今日はここまでにして、もう少し宮廷内での身の処し方を教えたほうがよさそうですね……」

深淵の声は聞こえないまでも、珠子の反応で大体の事情を察した萩野が計画の練り直しを考え始めた時だった。渡り廊下の向こうから、一際華やかな貴族の男性たちが近付いてきた。高価な香と聞こえよがしな自慢話が、一足先に風に乗って流れてくる。彼等に吸い寄せられるように集まってくる、悪意の霧も。

「……珠子、頭を下げてやり過ごしますよ」

相手が誰か察した萩野に命じられ、珠子はきょとんとしつつも従った。単純に、今日はここまで、という話なのだろうと思ったからだ。

しかし、すでに向こうがこちらに気付いていた。一同の中心たる、押し出しのいい中年の貴族がつかつかと歩み寄ってきて、迷いなく珠子の前に立った。

「そなたが例の、龍神憑《つ》きか。顔を上げよ」

「え……は、はい」

言われるまま、素直に見上げた珠子に、値踏みの視線が無遠慮に浴びせられる。見かねて萩野が横から言い添えた。

「恐れながら、田麻呂《たまろ》様。珠子は昨日、月行様のお声掛かりで参内《さんだい》したばかりの新参者でございます。あまり怯《おび》えさせては、楠木《くすのき》家の名折れになりましょう。どうぞ、お手柔らかに」

少しわざとらしいぐらいに教えてもらって、珠子も理解した。この見るからに傲岸《ごうがん》な男が楠木家の当主、田麻呂。ではその後ろに控えた、顔立ち自体は整っているがひどく痩《や》せているせいか、得体の知れない雰囲気を持つ男が腹心の常当《つねあて》か。

須恵子《すえこ》などの比ではない恨みを買っているのだろう。珠子の眼には、彼等は悪意のもやに薄黒く取り囲まれているように見える。中には明確な人の顔もちらほらと窺《うかが》え、怨霊《おんりょう》の類いまで呼び寄せている様子だ。

しかし堂々たる態度のせいか、むしろ悪意を従えているようでさえあった。宮廷を牛耳る権力者ともなれば、それが当然だとでも言うように。

「……初めまして、楠木のご当主様。珠子と申します」

一瞬ぎゅうっと深渕の手を握り締めてしまった珠子であるが、そこで堪《こら》えた。龍神《りゅうじん》憑き、の時点で少しばかり拳《こぶし》を握りたい気持ちが生じたが、長年望月家といがみ合っていると噂の者たちだ。望月兄弟の呪殺《じゅさつ》合戦に絡んだ証拠はないとはいえ、改めて一から全てを洗い直すのが珠子の役目である。

それに楠木家を代表する二人の人物像について、珠子は伝聞でしか知らない。光円から聞いた話だけなのだ。光円を軽く扱ったらしいのは許せないが、後から冷静になって考えると、ひがみっぽいところのある彼の言い分だけでは判断はできないのでは、と思えた。

自分の眼と頭で判断せねばならない。田麻呂と常当が珠子に、深渕にわざわざ近付いてきてどういう態度を示すのか、そこを見極めねばならない。たとえ明らかに、多くの憎しみを集めていようとだ。

龍神の妻であれば、それぐらい当たり前のこと。

その思いで深渕の手を握り締めながら耐えている珠子の横を、常当はじっと見ている。

「ほう……確かに、妙な気配を感じますな」

温度のない瞳は明らかに「何か」を捉《とら》えていた。深渕もそれに気付いて「はったりではないね」とつぶやく。

「えっ、常当様……まさか、あなたも深渕様が見えるのですか!?」

思わぬ事態に珠子が仰天すると、常当はくく、と喉《のど》を鳴らした。

「明確に見えるわけではないが、昔から少しばかり勘が良いのでね。加えて陰陽師もどきに売り込みをかけられることも多い。妙な連中にたかられぬよう、手慰みに天性の才を磨いただけのこと」

この場に光円がいたら赤面しただろう。常当たちは光円が珠子たちに絡んでいることもとっくに知っていて、その上で光円がかつて楠木家にも売り込みをかけたものの、あっさりと追い払われたと匂わせてきた。

「なるほど……苦労をしていらっしゃるのですね」

珠子は額面通りに常当の言葉を受け取った。彼等が周囲に漂う悪意に呑《の》まれる様子がないのは、常当の努力のおかげなのかもしれない。裏のない態度が逆に警戒させたのか、常当はわずかに眉《まゆ》をひそめた。

「おや、常当がそう言うのだから、龍神とやらはまことに存在するのだな。私はてっきり、望月と縁を繋《つな》ぎたいゆえの法螺《ほら》だと思っておったが」

眉唾《まゆつば》ものだと高をくくっていたらしく、田麻呂が少しだけ態度を改める。彼には常当のような才能はないらしく、深渕の存在は感知できないようだ。

「田麻呂様たちも、噂を鵜呑《うの》みにせず、ご自身の眼で確認されようとする方々なのですね。その点は、私も一緒です」

闇雲に嘘だと決めつけて終わりにせず、自身が出向いてきた。その態度は立派だと珠子も思った。

「ですけれど、なればこそ、最初から疑いを持った態度で接するのは良くないのでは……あっ、いえ、ごめんなさい、言い過ぎました！」

「こ、これ、珠子！　重ねて申し訳ありません、田麻呂様。何分、山から降りてきたばかりの娘ですので……!!」

深渕の話になったので、つい熱が籠《こ》もりすぎてしまった。萩野が慌てて珠子の口を押さえにかかる。田麻呂は非常に何か言いたそうにしたが、ひとまずは鷹揚《おうよう》さを保った。

「……まあ、構わぬさ。田舎娘の戯《ざ》れ言程度で心乱れる私ではない。いかに龍神憑きといえども、な」

「さすがは長年、楠木家を支えていらっしゃる御方ですね。では、わたくしどもはこれで」

辞去の好機と見た萩野が、すかさず珠子を連れて去ろうとする。

「待て」

ところが田麻呂は、単に深渕の存在を確認して終わりにする気はないようだ。立ち去ろうとする萩野たちの進路を塞《ふさ》ぎ、嫌味な笑みを浮かべた。

「そうこそこそと、逃げていかずともよいだろう。月行めが田舎娘を山から降ろしたのは、永人の怨霊《おんりょう》を追い払うためであろう？」

「そうですよ。そのために、あれこれとあのお二人について聞き回っているそうではないですか。月行殿もお気の毒に、ついに打つ手がなくなったのですね。あの陰陽師《おんみょうじ》もどきに、直接祓《はら》うはやはり能《あた》わずか」

楠木の男たちの言葉には段々遠慮がなくなってきた。月行と光円を悪し様に言われて珠子は奥歯を嚙《か》み締め、深渕はため息を零《こぼ》す。

「田舎娘田舎娘と、私の可愛い珠子に言ってくれるじゃないか」

その手が熱を帯びたかと思えば、彼の全身がゆらりと揺れたように見えて珠子は慌てた。熱と幻影は、深渕が風を生む前兆なのだ。

止めるべきか。しかし田麻呂当人ではないが、腹心の常当は深渕を感知はできるのだ。ならば彼が止めるのを待つほうが、宮廷の作法とやらには準じた態度なのか。悩んでいる珠子の耳に、意外な言葉が飛び込んできた。

「聞きたいのは、こういう話ではないのか？　楠木家の者が、望月家の兄弟を相争うように仕向け、ついには永人を殺《あや》めさせるに至ったのだとな」

「えっ……、えぇ⁉ 本当にそうなのですか⁉」

さり気なく、何気なく情報収集をせよと言い含められてきた。それなのに当事者の一人から剝《む》き出しの話題を投げつけられ、珠子はびっくりしてしまった。言った田麻呂も珠子の反応にびっくりしている。

「な……なんとまあ、素直な反応をする娘だ……ふ、愛宕山の、しかも寺育ちか。確かにそなたは天に近い場所で生きてきたのだな。地上の穢《けが》れとは無縁と見える」

「ええ、そうなんです。私は祈流《いのる》様のご指導により……」

「ええい、黙れ小娘！ 優しくしてやれば、つけ上がりおって‼」

嫌味が通じないと理解した田麻呂は、かんかんになって分かりやすく怒鳴り散らし始めた。

「我々と望月家は、帝《みかど》の御為に力を合わせ、この都を永久に繁栄させていく崇高な役目を担っているのだ。そんな相手を我らが害するなどあり得ん話だ‼」

「まあ……そうなのですね。よかった！ さすが楠木家の方々、伝聞と状況証拠で疑ってしまって大変失礼しました。ご自身の口から潔白を教えてくださり、感謝いたします」

自分の落ち度を認め、謝罪する珠子であるが、真っ青になって取りなしてきたりはしない。なぜなら彼女は立身出世に興味がなく、楠木家の権力にも無頓着《むとんちゃく》だからだ。普段は威張り腐っている当主の面目丸つぶれなのが面白いのか、常当まで思わず笑ってしまって田麻呂に睨《にら》まれた。

「ぐ、この……萩野、お前一体どういう教育をしておるのだ!?」

「ふ、ふふ、ああ、申し訳ありません。あとでよく言って聞かせておきますね」

萩野も笑いを堪えるのに必死だ。珠子相手では分が悪い勝負なのだから、ここいらで手打ちにすべきと、彼女は田麻呂に目配せを送った。

ところがそこに、間の悪い声をかけてくる者がいた。

「失礼、田麻呂様、常当様。何やら盛り上がっていらっしゃるようですね」

そう言って姿勢の良い若者が近付いてきた途端、田麻呂や常当を取り巻き、隙あらば珠子にまで興味を示してくる悪意の霧が薄らいだのを珠子は感じた。

「おや、噂をすればなんとやらだ。さすが望月家のご当主、登場の仕方を心得ていらっしゃる」

近付いてくる月行を見て、常当は今度ははっきりと笑った。

「……非才の青二才ゆえ、そのようにお褒めいただきますと汗顔の至りです」

つぶやく月行の頭上に安選の姿が見える。どうやら珠子たちが楠木家の面々と言い争っていることに気付き、なんらかの手段で彼を誘導してきたのだろう。直接知覚することはできずとも、裾《すそ》を引いたりすれば可能だ。

残念ながら、その気遣いは無駄になった状況ではあるが。なし崩しに別れ別れになって終わるところだった話に月行が飛び込んできたので、田麻呂はこれまでの失態を取り戻そうと居丈高な振る舞いを始めた。

「ご自分で分かっていらっしゃるなら結構なことだ。望月家のご兄弟は、揃って謙虚ではある。いや、単に正直と言うべきだろうな。ご自分の実力を理解しているだけなのだから」

「……おっしゃるとおりですね」

応じる月行の表情は静かだ。このようなことは言われ慣れているのだろう。だが楠木を恨む者たちの霧が晴れ、珠子はずいぶんと楽になったのに、その霧が晴れるきっかけとなった月行の顔色は悪い。

「ふん、しかしいくら実力不足を補うためとはいえ、作法も知らぬ山猿を宮廷に連れてくるのは感心しない」

珠子に話が及ぶと、月行はわずかに緊張を示した。ちらりと視線を走らされた萩野が目線でうなずく。気心の知れた彼女から、とにかく場を辞すべしとの合図を受け取った月行は、退去の間合いを計り始めた。

「珠子が何か失礼をしたのであれば、彼女を参内させた私の責任です。後日、謹んでお詫《わ》びの品など贈らせていただきましょう」

「そのようなものは要らんさ。私たちまで呪われては堪《たま》らん」

また後日、で終わりにはしないと、田麻呂は皮肉たっぷりに言い放つ。途端に月行の顔ははっきりと強張《こわば》った。

「……兄は落馬して死んだのです」

対外的にはそれで通しているらしい。それ以上触れてくれるな、という強い拒絶も感じさせる言い方だったが、もちろん田麻呂は引き下がらなかった。

「は、永人様のことなど何も言っていないのに、あの方のことを持ち出してくるあたり、語るに落ちたではないか！」

赤子の手をひねるようなものだと、田麻呂は月行の青さを嘲笑《あざわら》った。

「大方、我らの足下を掬《すく》おうと龍神憑《つ》きなどに頼ったのだろうが……第一、誰よりも兄の死を願ったのは貴殿であろうに。それを楠木の責任にしようとは筋違いよ」

「ち、違……いえ、うぐぐ、なんでもありません……！」

反論しかけた珠子は、自ら口を閉ざして堪える。月行が楠木家に罪を被《かぶ》せようとしているとは思っていないが、彼が兄の死を願った、それは本人も認めていることだからだ。

「……あなた方の責任になどいたしません。兄は落馬死です。まことに申し訳ありませんが、気分が優れませぬゆえ、これにて失礼いたします」

露骨すぎる嫌味に、弱った神経が耐えられなくなったのだろう。月行はいつもの彼らしくもなく、いささか強引に田麻呂を振り切ろうとした。

「型どおりの答えをどうも。相変わらず、当意即妙とは行かぬのが、なんともあなたらしい」

しかし、今度は常当がその行く手を遮る。

「まだ話は終わっておりませんぞ、月行様。ではどういうつもりで、曰《いわ》く付きの姫君をわざわざ山から降ろしたのです？　それもあのような、胡散臭《うさんくさ》い若造の手を借りて。当主が代わったせいか、望月の人手不足は深刻なようですなぁ」

「光円は、あれで見所のある陰陽師ですよ。望月は代替わりしたばかりで、何かと人手が必要なのだという依頼に応《こた》えてくれただけです。……恥ずかしながら、おっしゃるとおり人望に欠ける身ゆえ、女房を集めるにも一苦労する有様ですので」

自虐のほうは言い慣れているのだろう。すらすらとそう口にしてやり過ごそうとする月行に、なおも常当は絡む。

「ほほう、なるほど。見所のある陰陽師の力を借りてまで、わざわざこの娘を御所に連れてきた、と。さてはあなたは、龍神《りゅうじん》の妻を寝取り、それでもって望月を立て直すおつもりなのでは？」

「えっ、そうなのですか⁉」

　ぎょっとして珠子が声を上げ、月行も顔色を変えた。深渕はただ、わずかに瞳《ひとみ》を細めた。

「……馬鹿な。珠子はすでに人の……いや、深渕の妻だ。少なくとも、彼女はそう信じています」

　この時代、貴族の男が複数の女性と関係を持つのは当たり前である。月行にも四人ほど通う相手はいるが、逆は違う。深渕との仲は広く認められたものではないにせよ、珠子は信じ切っている事実を穢す気かと、彼は気色ばんだ。

「落ち着きなさい、そう見る向きもあるということですよ。しかし、深渕、ですか」

　何やら思わせぶりに零した常当は、すぐに話を戻した。

「それにしても月行様は、そつのなさが取り柄だったというのに……この程度の挑発でそのように取り乱すとは、わぷっ」

　生真面目な反応を執拗《しつよう》に揶揄《やゆ》する常当。その声が途切れたのは、彼の良心の働きでも、珠子がついに拳《こぶし》に訴えたからでもなかった。突然の風が、常当の顔に砂を叩《たた》き付けたからである。

「な、なんだ⁉」

「くそっ、いたた、め、眼が見えん」

その風は常当及び、田麻呂以下、にやにやと追い詰められる月行を観察していた楠木の一行のみを襲った。束の間呆気《あっけ》に取られていた月行は、目元を押さえてわざとらしく悲鳴を上げる。

「いたた。私も眼に砂が入ったようです」

「大変！　大丈夫ですか？　月行様。私のほうには来ませんでしたから、見て差し上げましょうか？」

心配する珠子に苦笑した月行は萩野とうなずき合い、踵《きびす》を返した。

「ああ、そうだな、珠子。では向こうで頼もう。田麻呂様、常当様、申し訳ありませんがこれにて！」

そして一行は、これ幸いと楠木の人々を振り切って歩き出す。道すがら、珠子は小さな声で深渕に話しかけた。

「……あの、さっきの風は……深渕様では、ないですよね」

「そのとおりさ。だが、よく分かったね」

明らかな意図を含んだ、自然風ではないと悟っても、珠子は深渕が風を使うと知っている。誤解しそうなものだとの問いに、彼女は毅然《きぜん》と反論した。

「だって深渕様の起こした風とは違いますもの。深渕様なら、まず最初に美しいお姿が蜃《しん》気楼《きろう》に揺らめき、一層神秘性を増すのです！」

「ふふ、そうだね。さすが珠子、私のことをよく知っている」

こんな時だが、ついつい得意満面に語る妻の手を握って歩きながら、深渕は珠子の頭上に移動してきた安選を見やった。

「いきなり何かを降らせたりするのは天狗《てんぐ》の得意技だが、安選でもない。だが、偶然でもない。そこに、今回の件のヒントが隠れているようだね」

「ひんと？」

「ああ……、手がかり、といったところかな」

例の調子で異国の言葉の意味を口にし、深渕はしっと唇に指を当てた。

「今はここまでだ。私との約束、忘れた訳ではないだろう？」

「は……、んッ！」

はい、とうなずきかけた珠子が唇を噛《か》み締めるような勢いでこっくりうなずくのを見て、深渕は楽しげに微笑んだ。

風を起こしたのは深渕ではないものの、この機に乗じて難を逃れたのだと珠子が知ったのは、全員で月行の房まで辿《たど》り着いた時だった。

「なんだ、月行様の目に砂が入ったわけではなかったのですね、よかった……」

「そちらこそなんだ、龍神の恩寵《おんちょう》ではなかったのか。なんにせよ、ありがたい話だ」

月行は月行で、深渕が気を利かせてくれたのだと思っていたらしい。いずれにせよ、しつこいからかいを避けられたのならばいいと息をついてから、珍しく煮え切らない表情を浮かべたままの珠子を見やる。深渕の言った「ひんと」について考えているためなのだが、状況的に誤解させたようだ。

「……すまなかったな、珠子。言っておくが、私にはお前に手を出すつもりなど毛頭ない。そう、お前の夫にもよく伝えておいてくれ。この上、龍《りゅう》にまで祟《たた》られては困るからな」

笑えない冗談に一人虚《むな》しい笑い声を上げると、疲れたように脇息《きょうそく》にもたれかかった。

「……疲れたな。今日はもう休むとしよう。それと、私を呼んだのは安選とやらだろう。あれにも気を悪くしないように伝えておいてくれ。天狗にも祟られたくない」

「月行様は、優しい方なのですね」

安選にもちゃんと気配りしてくれるのかと、珠子は笑顔になったが、月行は億劫《おっくう》そうに片手を振るのみだ。

「なに、相手の顔色を窺《うかが》うのがうまいだけさ。その話は、お前も散々聞いてきただろう？この資質は兄上にはない、私の取り柄だと自負して……」

「……恐れながら、月行様」

珠子の声は静かだ。しかし、そのまなざしに射貫《いぬ》かれたように、月行ははっと居住まいを正した。

「長所と短所は表裏一体。如何様にも言い換えることが可能です。言葉の裏を読むのも望月の当主として必要な資質だとは思いますが、褒め言葉は素直に受け取ったほうがよろしいかと……！」

「これ、珠子！」

「え、あ……も、申し訳ございません、月行様！」

横に控えていた萩野が急いで諌《いさ》める。珠子もやってしまったと我に返り、急ぎ頭を下げたが、月行はなぜかほんのりと微笑んだ。懐かしい何かを見たように。

「……兄上のようなことを言うな、お前は。龍神が憑いていようがいまいが、お前のような者は苦手だ。絶対に手を出したりしないと、深渕に重ねて伝えておいてくれ」

「ああ、よく分かったよ」

月行には聞こえまいが、珠子の隣で深渕はうなずいた。珠子はすぐさま「深渕様も、よく分かったとおっしゃっていらっしゃいます」と伝え、寝床へ去ろうとする月行を苦笑させた。萩野も、彼を心配して付き添っていった。

「あの、大丈夫ですからね、深渕様。仮に月行様が私を望まれたとしても、私は深渕様一筋ですから……！」

この場にいるのは関係者だけだ。今ならいいだろう、と珠子は口を開いた。

「大丈夫だよ、珠子。先ほどのやり取りで、彼のことがよく理解できた」

珠子からも再度、彼女自身の言葉で問題ないと伝えたせいか、深渕は機嫌を悪くした風もなくそう答えてくれた。入れ替わりに、安選が少しばつの悪そうな顔で謝ってくる。

「……すまんな。よかれと思って月行を呼んできたんだが、間が悪かったようだ」

「気になさらないで、安選様。安選様も、やっぱり優しい方ですね」

口ではどう言おうが、一人別行動をしたからといってさぼるような安選ではないのだ。

楠木の面々と揉《も》めていると見れば、月行を呼んでくるのは妥当な判断である。

「それは……ふん、まあな」

月行が似たような態度を取って叱りつけられたばかりだ。同じことの繰り返しは芸がないと、彼よりさらにひねくれている安選は一周回って素直にうなずいた。

「しかし、楠木の連中が自ら近付いてくるとはな。俺も少し情報を集めてきたが、奴らが望月を疎ましく思っているのは間違いなかろうものの、直接手を下したと思《おぼ》しき証拠は得られなかった。向こうも陰陽師《おんみょうじ》の類《たぐ》いを揃えているので、残念ながらあまり細かな調査はできなかったが、後ろ暗いところがある奴らの態度ではないな。とはいえ、そう見せかけているだけかもしれんが……」

安選のほうも芳しい結果は得られなかったようである。珠子もしゅんと肩を落とした。

「私も残念です。常当様も、深渕様を感知はできますが、あまり春子ではなかった……春子なら、仲良くできるかなと思ったのですが……」

「なんかよく分からんが、相手は残念がっていないことだけは分かったぞ」

「でも、月行様は割と春子かもしれません……」

「……その褒め方はどうかと思うが、まあ……そうだな。そうかもしれんな」

安選も、月行には人外の存在を察知する力こそないものの、木っ端天狗を自称する身にも相応の礼を払ってくれていることは理解している。面白みに欠け、突発事項に弱いが、礼儀正しいのは間違いない。

「とはいえ、まだ正式に調査を始めて一日目だ」

深渕が口を挟んできた。

「珠子は昼餉《ひるげ》をいただいて、今日はもう自分の房に戻っておとなしくしていたほうがいいだろう。下手に元気な姿を見せて、楠木の連中に難癖を付けられないようにね」

「……そうですね。分かりました」

また騒ぎを起こせば、最終的な責を負うのは月行になってしまうのだ。楠木家に睨《にら》まれること自体は、珠子たちにとっては大した痛手ではないが、望月家に累が及ぶのは避けねばならない。分かっているが、体調を崩して寝てばかりいた幼き日の反動か、何もせず過ごす時間は珠子にはもったいなく思えてしまう。

「じっとしているのは、つまらないですけど……今のように人目のないところなら、深渕様に話しかけてもいいですか？」

「そうだね。周りに聞こえないように、これぐらい近付いて話せば大丈夫かな？」

こつん、と額に額を合わせ、迫り来る端整な美貌《びぼう》。突然の急接近に、珠子はかーっと顔を赤くした。

「ふ、深渕様……!?」

「私は君のことを信じているよ、珠子」

悪戯《いたずら》っぽく、だが決してそれだけではない笑顔で、深渕は言った。

「でもね、冗談でも他の男が君を寝取るなどという話を振られて、迂闊《うかつ》に風を吹かせて追い払うこともできない己を不甲斐《ふがい》なくも思っている。あんなことになるなら、ついでに私もひと風吹かせてやればよかったよ。　珠子……このように情けない私を、哀れに思って慰めてくれないか？」

「そんな、とんでもない！　深渕様は誰よりもすばらしくて美しくて気高くて強くてかっこよくて優しくて……!!」

「喜べ馬鹿夫婦。俺はもう一度、情報収集に行ってやろう。その代わり、頼むから自分たちの房に戻ってからやれ」

寝込んだ月行が気の毒だろうが、とぼやく安選に珠子は急ぎ謝罪した。

「ごめんなさい、月行様、それに安選様！　安選様を仲間外れにしたわけじゃないんですけど……でも、先ほどの件に責任を感じていらっしゃるのでしょうから止めませんね」

「……お前の馬鹿素直さ、祈流の腹黒芸と足して二で割れば丁度いいのにな……」

はあ、と息を吐いて、彼は小さな羽をぱたぱたさせながら一足先に出ていった。

翌日からも引き続き、珠子は萩野に連れられて宮廷の中を歩き回った。

最初は安選に先行してもらい、楠木の人々と鉢合わせないように注意していたのだが、その必要はなかった。初対面の際で懲りたのか、彼等もまた珠子たちを避ける様子を見せたからである。

「妙な動きだな。ああも露骨に避けられると、俺などは近付いてやりたくなる」

楠木にまつわる失態を挽回《ばんかい》したいのか、天狗の勘が働いたのか、安選は自ら志願して楠木家を探りに行った。そちらは彼に任せ、珠子たちは月行と永人の話を聞き回ったが、初日から大きく彼等の印象が変わることはなかった。

「そろそろ、萩野様から見たご兄弟の印象をお聞かせ願えませんか?」

宮廷に参内《さんだい》して五日目の昼下がり。話を聞ける相手も尽きてきた珠子は、萩野の房で振る舞われた茶菓子を摘まみながらそう切り出した。

「そうですね。では、まず永人様から」

己の話が予断を生むこともない状況になったと見て、萩野は美しく調えられた庭に視線を向けながら静かに語り始めた。

「永人様の母君の身分が低いことは、これまでの間に散々聞かされて分かっているでしょう。彼女は望月の先代様が旅先で出会った、牛飼いの娘でした」

その当時、望月の先代は帝《みかど》を始めとした有力な貴族たちに嫁がせる娘には恵まれていたが、跡継ぎとなる息子には恵まれていなかった。その焦りもあって、生命力の強そうな田舎娘に手を出したのだろうと、そこまで遡《さかのぼ》って永人を馬鹿にする話も何度か聞いた。

「彼女は先代様に気に入られ、お屋敷に招かれて望まれたとおりに永人様を産みました。そうやって命を授かった永人様は幼い頃より、分を弁《わきま》えた方でした。母君の身分が低いことはもちろん、ご自身に貴族としての優美さが欠けることもよくご存じだった。俺などは本来、月行の乗る牛車《ぎっしゃ》を牽《ひ》くべき人間だと、平気な顔でおっしゃって憚《はばか》らなかった」

元々は月行の母に仕えていた萩野にとって、永人母子《おやこ》は正直小憎らしい存在であった。なかなか息子に恵まれない主人の立場を悪くするからだ。しかし程なく月行が生まれても、永人は俺が兄だ、望月を継ぐ者だなどと強く主張することはなかったという。少なくとも、本人は。

「月行様は逆に、幼い頃から望月の未来を担う者として気負われていました。家の名の一文字を授かったことを強く誇り、だからこそ、高慢にも見える振る舞いをすることも多かったのですが……私の眼には、いつも怯《おび》えていらっしゃるように映っていました。世間の評価に……そして、永人様に」

「……月行様は、永人様のことが嫌いだったのですか？」

そろそろ一歩踏み出すべき時期だ。そう判断した珠子が直截《ちょくせつ》に尋ねると、萩野は先日の月行のように、どこか懐かしいものを見る眼をした。

「嫌い、ではなかったと思いますよ。苦手ではあったでしょうけどね。月行様もおっしゃっていましたが、永人様は珠子、少しあなたに似ていました。良くも悪くも、とても率直だった」

「ここでは生きづらいぐらいに、かな」

深渕が小さく独りごちた。なんとなく、珠子は彼の手をそっと握った。

「……嫌い合っていたのは、お二人の母君ですかね。でも、正妻が自分より先に子を、それも息子を成した女性を煙たがるのは無理もない話。ご自身の息子を次代の当主にしなければ、代替わりの後にご自身の立場が危うくなりますから……」

「……その気持ちはやはり、永人様のお母様のほうが強かったのでしょうか」

小さな声で珠子が質問すると、萩野は意外そうに眼をぱちくりさせる。

「そうですね。あの方は、先代様の愛以外の後ろ盾を持ちませんから。事実、永人様が亡くなられてすぐに出家されて、ご実家に近い寺へ入られました。あらあら、でも、失礼ながら珠子、あなたによく分かりましたね」

貴族社会で生まれ育てば簡単に出てくる発想だろうが、参内したての頃の彼女はとてもそのような細かな事情が分かりそうではなかったのだ。一応褒められたのだが、珠子はむしろ悔しそうに告げた。

「納得は……していませんけれど、理解はできるようになったと思います」

「はは、さすが私の珠子は賢いなぁ」

父母の愛には恵まれて育った珠子である。複雑な感情に揺れる指先に、さらに強く手を握られた深渕は妙に嬉《うれ》しそうだ。

「だけど永人様は、月行様のことがお好きだったのですね」

「あら、それもお分かりなのね」

「だって……、嫌われていたなら、あの自責の念に駆られやすい月行様なら、そうおっしゃるでしょうし。そもそも、分かりやすく嫌ってくるような方なら、ああも拗《こじ》らせないでしょうし……」

卑屈に永人を褒めることの多い月行だが、総合すると彼は兄を大変な人格者だと思っているようなのだ。例の舞の一件といい、そうなのだろうと珠子も思っている。自分の評判を気にせず、他者を思いやれる男。

「あの方も否定しづらいぐらい、永人様は弟君を大切に想っていらしたんじゃないでしょうか。永人様の悪口はたくさん聞きましたが、人の悪口を言うという悪口は聞いておりません」

「でも彼も、一方的に殺されたわけではなくて、呪殺《じゅさつ》合戦に参加はしたんだよね？」

深渕の指摘に、珠子は思わず言い返してしまった。

「それは……そうですけど！」

「おっと珠子、私に話しかけてよかったのだったかな？」

「う、ううう……!!」

引っかけられた。さらに言い返すとまた引っかかってしまうので、珠子は渾身《こんしん》の力を込めて深潣の手を握って懲らしめる。しかし、「痛い痛い」とふざける彼の指摘にも一理あることは珠子も承知している。

「萩野様。私はこれまでの経緯から見て、永人様が月行様との家督争いに参加して、その……呪殺合戦まで行ったのは、お母様のためだと思いますけど、どうでしょうか」

「そうですね。私もそう思いますよ、珠子。ご本人も、積極的にお前を殺したいわけではないがと月行様に告げていらっしゃいましたからね」

親切にも、義理によるものだと告げての参加であったらしい。呪いを介してとはいえ、結局は血で血を洗う殺し合いの場において、さすがの珠子もどうかと思ったが、それも永人が無粋なほどの人格者であったゆえだろう。

翻って、月行はどうだったのか。

「月行様は……？」

聞いてもいいものだろうか。その気持ちがにじんだ珠子の声は、彼女らしくもなくか細かった。

「月行様は、嫌いではないけれど苦手なお兄様を、どういうお気持ちで、その……」

呪い殺そうとしたのだろうか。彼にも母のため、という部分はあっただろうが、この際目の上の瘤《こぶ》を始末したいという感情はなかったのだろうか。

「……それは、わたくしがお話しできることではないわ、珠子。すでにこの世にない永人様のお気持ちは、推察するしかありませんが……月行様は、生きていらっしゃるのですから」

たしなめられて、珠子は慌てて平伏した。

「で、ですよね！　申し訳ありません」

「いいえ、いいのですよ、珠子。ご自身たちのことを聞かれるのを承知の上で、月行様はわたくしを派遣したのですものね。……仕方のない方」

ほう、と息を吐いた萩野は柔らかな苦笑を浮かべて珠子を見やる。

「ここからは、乳母としての頼みになってしまいますが……珠子、どうか月行様を嫌わないで差し上げてね。あの方は人の評価に晒《さら》され続けて、すっかり疲れてしまっているから。ましてや、一度永人様に似ていると思ってしまったあなたに嫌われたら、さぞ傷付かれるでしょう」

「大丈夫です、萩野様。だって月行様は、最初から深渕様と安選様を認めてくださいましたもの。私のことも……深渕様の妻だと認めてくださいましたし。自虐癖は治していただきたいですが、芯《しん》から嫌いになったりしませんわ」

彼等の存在を感知できず、言われるがままであっても、月行が挨拶《あいさつ》をしてくれたのは事実なのだ。何より、楠木の面々に下世話な嫌疑をかけられながらも、珠子の名誉を守ろうとしてくれた。だからこそ、もう少し自分のことを好きになってほしいとも思うのだが。

「……ふふ、そう。それはよかった」

はにかむように微笑んだ萩野は、しんみりとした眼で珠子を見やる。

「ああ、あなたが本当に、これからも月行様の側にいてくれればいいのに」

「あら、望月にはそんなに女房がいないのですか？」

人手不足は珠子を側に置くための方便かと思っていたが、違うのか。不思議に思う珠子に、深渕が親切に教えてくれた。

「違うよ、珠子。彼女は君に、月行の妻になってほしいと思っているのさ」

「へっ、妻⁉ なんでですか⁉ さっきも申し上げましたが、あの方は私を深渕様の妻だと認めてくださいました！ 月行様にも北の方こそまだですが、通っていらっしゃる方が大勢いるのでしょう⁉」

永人とのいざこざが尾を引いているのだろう。月行は正妻こそ定めていないものの、名家望月の子息である。現在はそれどころではないにせよ、あちこちに通う女性がいることぐらいは珠子も分かっている。珠子の反応から話の流れを察した萩野はうなずいて、

「確かに通っていらっしゃる方はいますが、何分あの方は見栄坊だから……女性の前では虚勢を張ってしまって、なかなか自分をさらけ出せないのです。あなたにも、こんな出会いでなければ、さぞかし優雅な貴公子ぶりを発揮したことでしょう」

「そうなのですか？　ですが、どのような出会い方をしても同じだったと思います。私は深渕様一筋ですので」

にべもなく珠子は断った。萩野もこの返答を読んでいたらしく、でしょうねえと笑ってから、深渕がいると思われる方向に見当を付けて頭を下げる。

「ごめんなさいね、深渕様。埒《らち》もないことを申し上げました。どうぞお許しくださいな」

「心配なさらないで、萩野様。深渕様は、寛大な方ですもの。ねっ、深渕様！」

先日も常当の揶揄《やゆ》に端を発した、似たようなやり取りがあったが、深渕も珠子が彼だけを愛していることは百も承知のはずだ。ところが深渕はあの時と違って、何かを含んだ調子で見つめてくるばかり。

「……深渕、様……？」

……ああ。

またた。

珠子は深渕を愛している。

深渕も珠子を愛している。そこは疑っていない。しかし、彼は、

「萩野様！　ああ、こちらにいらしたのですね」

その時、房の外から女性の声が聞こえてきた。望月に仕える女房の一人だ。

「月行様が、またお加減を悪くされたらしいので……申し訳ありませんが、来ていただけますか」

「あらあら、大変！　ごめんなさいね、珠子、深渕様も、失礼いたしますわ」

月行の体調は相変わらず不安定なのだ。こういうことも初めてではなく、萩野は慌てて立ち上がった。珠子も思わず声をかける。

「私たちも何か手伝いましょうか？」

「……いえ、いいわ。あなたは、その……その……永人様を思い出させてしまうかもしれないので」

萩野は賢明な女性だ。珠子の不用意な発言が弱った月行をさらに傷付ける可能性がある、とは直接言わず、彼女も納得しやすい理由を差し出すに留《とど》めた。

「そうですね、分かりました。では、私は……とりあえず、自分の房に戻っておきますね。参りましょう、深渕様」

まだ握ったままの深渕の手を引いて、珠子は萩野の房を後にした。

「月行様、大丈夫でしょうか……あ、これは独り言です」

萩野の房を出た珠子は、深渕と連れ立って自分の房へ急ぎながら考えをまとめるように口を開く。

この付近は望月家に仕える者たちの房が集まっている場所ではあるが、彼等も珠子が連れて来られた詳しい事情は知らないのだ。まして深渕の話など何も知らないので、自房に戻るまでは話しかけられない。

「萩野様の私見も含め、ご兄弟のお人柄などは分かりました。ですが、私には月行様がいくら永人様が苦手だったからといって、心から望んで呪い殺したとは思いにくいですし……永人様も永人様で、それを恨んで怨霊《おんりょう》化するとは思えないんですよね」

二人の確執には、互い以外の要素も大いに絡んでいる。特に母親同士の反目がなければ、仲の良い兄弟でいられたのではなかろうか。

「……」

「深渕様は……あ、いえ、なんでもありません」

癖で話しかけようとしてしまい、急ぎ軌道修正する。「ひんと」とやらをくれた彼には、きっと全貌《ぜんぼう》は見えているのだろうが、頼りすぎてはいけない。珠子は深渕に恩を返すために嫁入りしたのだから。

そろそろ安選も戻って来るだろうか。妙な動きをしている楠木家の企《たくら》みも摑《つか》めただろうか。そう思った矢先、廊下の向こうから見知らぬ女房が近付いてきた。

「珠子様ですね」

「はい、そうですが。あなたは？」

「光円様の使いです。人目に付かぬよう、こちらへ」

ひそりと口にされた名に、珠子は緊張を覚えた。そっと深渕を見やると、彼は黙ってうなずき返してくれた。

促されるまま二人が来たのは、宴《えん》の松原《まつばら》という内裏内の空き地の近くだった。

「……う」

鬼が出たの、誰それが首を吊《つ》ったのと、不吉な噂の絶えない場所である。悪意の靄《もや》が異様に濃くて、特に用事がなければ近付かないようにしていた地域だ。

人外の存在に敏感な珠子だけではなく、穢《けが》れを嫌う貴族たちも基本的には寄りつかない。怖い物知らずの若者たちが肝試しに侵入し、不気味な声を聞いて逃げ帰ったなど、逸話には事欠かない場所だ。

それだけに常に人気がなく、人目に付くのを避けて珠子たちから離れた光円との待ち合わせには相応《ふさわ》しいだろう。特に現在は日が暮れかけている上に雲が低く垂れ込めており、今にも一雨来そうである。

「ここでお待ちを」

光円の使いも、あまり側までは行きたくないようだ。彼女が珠子を差し招いたのは、豊《ぶ》楽院《らくいん》から宴の松原へ続く、召使い用の通路だった。人が二人並んでぎりぎり通れるほどの広さしかなく、使用頻度が高くないようで地面には雑草が生え放題。雲に遮られ、一層弱々しい落日の光が、白茶けた左右の壁を褪《あ》せた橙色《だいだいいろ》に染めている。

「はい、分かりました」

珠子の返事を聞いた彼女は、うなずいて元来た道を引き返していった。豊楽院に通じる小さな門を開き、その向こうに抜けて元のように閉める。

当たり前の仕草だ。しかしその直後、ごとり、と嫌な音がした。

「あっ、ちょっと！」

はっとした珠子が慌てて門に駆け寄るが、時すでに遅し。鍵《かぎ》自体はかかっていないようなのだが、珠子の腕力で力一杯押してもびくともしない。

「龍《りゅう》に助けてもらいなさいよ」

「望月の当主に色目を使っているようじゃ、無理かもしれませんけどね！」

「どうせなら帝《みかど》にすり寄るぐらいの気概を見せればどう!?」

嘲笑《あざわら》う複数の女性たちの声が一瞬響き、すぐに遠くへ離れていった。

「何か、戸の向こうに重しが置いてあるみたいですね……」

「そのようだね。問題ないさ。少し離れておいで、珠子」

緊急事態である。会話をしないわけにもいかぬと、深潭は前に進み出た。その完璧《かんぺき》な輪郭が、力を使う前兆で揺らぐ。彼が風を振るえば、重しごとこの門を吹き飛ばすぐらい訳はない。

分かっていたが、珠子は首を振った。

「……いえ、やめておきましょう」

「珠子？」

「さっきの方は、私をここに閉じ込めたかったのでしょう？　でしたら、少しは引っかかってあげないと、逆上してもっとひどい手を打ってくるかもしれませんし。……面と向かって悪口を言われることがなくなったせいで忘れていましたけれど、そういえば私、こちらでは嫌われているのでしたね」

目的を放り出すのはもちろんいけないが、目的に向かって一直線に行動するあまり、失念していたのだ。望月家の口利きで参内した成金娘に対し、貴族たちがどういう態度を取ったのかを。彼等の嫉妬《しっと》など鼻も引っかけない素振りで宮廷内を歩き回る珠子への怒りが、こういう形で噴き出たのだろう。

「珠子……」

思わぬ言葉に、深渕は感銘を受けた顔になった。

「そうか、君にも意地悪をしてくる相手の心の機微が分かる日が来たんだね……これは、宮廷に来た甲斐《かい》があったな」

「えへへ、それに、ここでなら深渕様と思いきりおしゃべりできますし!!」

自分の房でも可能ではあるが、あまり大きな声を出せば周りに聞こえてしまう。好き好んで近付く者のない場所なら好都合とばかりに、これ幸いとはしゃぐ珠子を、深渕は笑って抱き寄せた。

「寒いだろう。もっとこちらへ」

「え、いいんですか？」

「もちろんさ。さあ、もっとこちらへ」

言われるまま、その腕の中に抱き込まれる。確かにあたりは刻一刻と暗くなり、寒い風が吹き始めていた。特に宴の松原方面から来る風は、冷たいだけではなく心に刺さる棘《とげ》を含んでいる。

だがそれも、深淵の胸に身を預け、互いの鼓動を重ね合わせていれば気にならない。世界中のどこよりも安堵《あんど》できる場所で、珠子は深淵の見解を聞こうと口火を切った。

「深淵様は、どう思われますか？　月行様と永人様の件」

「そうだね。珠子の見立てどおりかな」

萩野と話し合った際に珠子が示した見解を、深淵も支持しているようだ。

「でも、あんなに卑屈になる必要はないのでは。宮廷内の皆様は、月行様の悪口も永人様の悪口も、聞けば聞くだけおっしゃいましたし」

月行自身は兄のほうが当主に相応しかった、みんなそう思っていたと自虐するが、あちこちで聞いて回った限り永人と彼の評判はどっこいどっこいだ。珠子としてはどちらかが家を継ぎ、どちらかがその補佐のような役目を担って、望月を盛り立てていく道が一番穏当ではなかったろうかと思われた。言ってはなんだが、楠木の田麻呂と常当のように。

「そうだね。彼は、自分で思っているほどに悪い人間ではないのだろう。名家に生まれ、いっぱしの才覚を持っていれば、自らが上に立ちたいと思うのも当然さ」

仮に永人のほうが正妻の子であったとしても、その感覚は自然なものだ。牛車《ぎっしゃ》を牽《ひ》く云々《うんぬん》と堂々と言っていた永人のほうが、ある意味おかしいとさえ言える。

「愛しているからこそ、愛する者から距離を取る。そういうところには、共感できないけどね」

ふと深渕の声が低くなった。しなやかな腕が、少し痛いぐらいの力で珠子を抱き締める。

「……深渕様？」

こつんと、また額が触れ合った。先日もこの距離でからかわれたことを思い出す。しかしあの時と違って、深渕の顔は真剣そのもの。ささやかれる声も切迫した響きを帯びていた。

「あまり月行のことばかり考えないでくれないかな」

「えっ？」

一瞬戸惑った珠子であるが、すぐに思い直す。

「確かに、月行様のことばかりではいけませんね。永人様のことも、推測になってしまいますが……わぷっ」

「そうじゃなくて」

無垢《むく》で愚かな思い違いを糺《ただ》すように、深渕は抱き締める手に力を込めた。その狩衣《かりぎぬ》の合わせあたりに鼻先を突っ込む形になった珠子には、彼の表情は窺《うかが》えない。

「私以外の誰かが、君の心を占めているのは耐えがたいよ。……私は嫉妬しているんだ、珠子」

明言しなければ伝わらないと悟った深渕は、直截《ちょくせつ》にそう言ってのけた。いつも大人で、珠子を導く態度を崩さない男の見せた思わぬ一面に、心の臓が高鳴り始める。

「君は私のことを寛大な男だと持ち上げてくれるが、とんでもない。最愛の妻の前では、龍も人も関係ないよ。……やはりここに来るべきではなかったかと、少し後悔している」

すり、と前髪のあたりにすり寄せられる体温。ますますどきどきと、うるさく走り始める胸を押し止《とど》めるように右手を当てる。そして左手を、そっと深渕の胸の同じ位置に当てた。

「私があのお二方について考えるのは、全部深渕様の……あ、ごめんなさい、祈流様のことも一部はありますけれど、大半は深渕様のためです」

楠木の様子を探りに行った安選はどうしているだろう。彼には今の状況を知らせたほうがいいのだろうが、と思いながら、珠子は続けた。

「異国からいらした深渕様は、私と一緒にいらしてもどこか物憂げで、寂しそうに見えることがあるので……ですから、私以外の方にもあなたの存在を認めてもらって、その寂しさを払拭《ふっしょく》して差し上げたいんです」

龍の姿を取りたがらないのは、これ以上周りから浮きたくないからなのだろう。時折異国の言語を漏らしはするが、そこでどういう暮らしを送っていたのか聞いてもほとんど教えてくれないのも、きっとつらいことがあったからなのだ。その分、ここでは幸せに暮らしてほしいと珠子は願っている。

そうすればきっと深渕は、もっと珠子のことを。自分勝手な願いは胸にしまい、続けた。

「……だけど、その過程でかえって深渕様を寂しがらせてしまったら意味がないですね。ごめんなさい」

「分かってくれて嬉《うれ》しいよ」

長い指が優しく珠子の髪を梳《す》く。口ではそう言ってくれるが、端整な面差しからは一抹の憂いが抜けきっていない。全てを拭《ぬぐ》い去ってあげたくて、珠子は懸命に訴えた。

「大恩ある偉大な龍神《りゅうじん》様。あの時助けていただいた恩はこの珠子、一生を賭《と》して必ずお返しいたします。ですから、そんな顔をなさらないで……」

「……ありがとう。珠子は本当に、優しい子だね」

なぜか、彼の表情に漂う憂いは強くなってしまった。どうすればいいのだろう、と思案した珠子はある可能性に気付いた。

「そういえば深渕様、こちらに来て以来、水辺に行く機会がなかったですよね。お心が弱っていらっしゃるのは、そのせいかも」

龍は水場を好む。住まいである寺の裏の湖から遠く離れている上に、宮廷には悪意の霧が渦を巻いているのだ。

「ここは、私でさえ気分が悪くなる場所です。聖なる存在である深渕様が、より影響を受けるのも当たり前ですよね。ごめんなさい、そういう意味でも私は気が利きませんでした」

「そうだね、そのせいもあるかな。とはいえ、さすがに鴨川《かもがわ》に飛び込むわけにもいかないからねえ」

自らの至らなさに気付き、しょんぼりする珠子を追い詰めてはいけないと感じているのか、深渕は冗談めかしてそう言った。と、いつしか陽も完全に落ちた暗い空から、ぽつりと水滴が落ちてきた。

「あっ、深渕様、雨です！」

渡りに船とはこのことだ。まさに天の恵みと、珠子は声を弾ませた。

「よかった！　井戸水でも汲《く》んで来て差し上げようかと思っておりましたが、もう少し罠《わな》にかかったふりをしていたかったですからね」

「そうだね、ありがとう。だけど、君が濡《ぬ》れてしまうからね。……もっとこちらへ」

再び、二人を隔てる隙間がないほどに強く、抱き寄せられた。一時は落ち着いていた胸の鼓動が、再び早駆けを始める。

深渕が風を使ったのだろう。周囲に空気の膜が張り巡らされ、雨粒は彼等に届かなくなった。

「あら？　深渕様にも、雨が当たらなくなっていませんか？」

「……ああ、そうだね、私としたことが。範囲の指定が繊細で難しいな……」

龍の力は強大すぎるためか、深渕は意外と大雑把に力を使うのだ。程なく、眉根《まゆね》を寄せて集中した彼にのみ雨が降り注ぎ始めた。それはいいのだが、さらに強く抱き寄せられて、珠子の頬はぼっと火を噴いた。

「あ、あの……でも、これだと、熱くないですか……？　雨を受ける、意味が……」

せっかく雨によって冷たく清められていくはずなのに、台無しになりはしないか。照れも手伝って尋ねるが、深渕の手は緩まない。

「とんでもない。君をこうして抱き締めていられれば、どんな疲れも吹き飛ぶさ」

雨などむしろ、体のいいきっかけに過ぎないと笑って、深渕はくいと珠子のあごを持ち上げた。

「愛しい珠子。君は本当に、私の救いだよ」

唇が近付いてくる。額に、頬に、薄い唇がそっと押し当てられた。愛《いと》しさを吹き込むような触れ方は次第に熱を帯び、口を吸われた時には珠子の全身にじんわりとその熱が回っていくようだった。温かくて、愛しくて、優しくて、

「眠くなってきました……」

ぽかぽかと温《ぬく》もった体を深渕に寄り寄せて、珠子は眼をとろりとさせた。一瞬あ然とした表情をしたものの、深渕は肩を竦《すく》めてその背を撫《な》でてやる。

「……ふふ。君は本当に健康な子だ。いいよ、ここは珠子にこそ厳しい環境なのだから……後のことは気にせず、ゆっくりおやすみ」

子守歌のような声がさらに眠気を加速させる。新たな嫌がらせの策が打たれるかもしれず、深渕任せにするのはよくないと分かっているが、一際濃い悪意の霧に包まれているせいだろう。しとしとと降る夜の雨の中、珠子のまぶたは静かに下りていった。

やがて規則正しい寝息が聞こえ始めた。それに聞き入るように、うっとりと深渕も眼を閉じる。

夜に閉ざされた、寂れた通路の中に取り残されたかのような二人。そんな彼等に、ひそやかに忍び寄る影があった。

あやかし。

悪意の霧というだけでは済まない、はっきりと具体的な形を持った魑魅魍魎《ちみもうりょう》の類《たぐ》いが、宴の松原の方向から音もなく向かってきた。ぞ、ぞ、ぞ、と影の衣の裾《すそ》を引きながら、じりじりと距離を詰めてくる。先陣を務める、直衣《のうし》を着た白骨の指先が珠子のかもじの先を摑《つか》もうとした。

「無粋な連中だね。近寄るんじゃない」

途端、瞳《ひとみ》を開いた深渕が起こした風は刃《やいば》と化し、その手首から先を切り落とした。声ならぬ声を上げて白骨は身を引いたが、他の者たちは足を止めない。一心不乱に、何かに魅入られたように眠る珠子へ手を伸ばす。

「──これはオレが先に見つけたんだ。オレのものだ。邪魔をするな」

低くつぶやいた深渕の瞳が凶悪な金を帯びる。艶《つや》やかな黒髪が刹那《せつな》、錆《さ》びた赤銅色に光った。

深く寝入った珠子はそれを知る由もなく、愛しい夫の腕の中、束の間の幸福な夢に溺《おぼ》れていた。

第四章　愛し愛されて、なお

まぶたを照らす白銀の光のまぶしさに珠子《たまこ》が瞳を開くと、あたりにはすっかり夜のとばりが下りていた。

「あ、おはよう……ではないですね。こんばんは、深渕《ふかぶち》様……」

雨はやんでいるが、代わりに月明かりがさんさんと降り注いでいる。朝はまだ遠そうだ。

とはいえ、ある程度の時間は経っているだろう。引っかかったふりはそろそろやめていいだろうかと思った珠子の頬を、深渕がちょんとつついた。

「珠子、君の愛しい人が来たよ」

「え、深渕様なら、こちらにいらっしゃいますけど……」

なんの話だろう。当惑する珠子の耳の奥に、いまだ大切にしまい込まれている声が聞こえてきた。

「珠子、そこにいるの!?」

人目をはばかっているのか、さほど大声ではない。門を隔てているせいで、くぐもって聞き取りづらい。

「春子《はるこ》⁉」

それでもその声は、確かに珠子に届いた。深渕の腕から抜け出した珠子は、急いで閉ざされた門扉に駆け寄った。

「本当に春子⁉　春子の声を真似しているあやかしなどではなくて……⁉」

「こ、怖いことを言わないで！　ただでさえここは、怖いところなんだから……‼」

青ざめて、がたがたと震えている様が眼に見えるような声音は間違いない。本物の春子だと珠子は悟った。

「そうか、そうだよね！　須恵子《すえこ》様が宮廷にお戻りなら、当然春子も一緒だよね……‼」

「珠子、あまり大きな声を出すと近衛《このえ》たちに見つかるよ。春子は一人で来てくれているからね、騒ぎにしたくないのだろう」

春子の状況を感知した深渕に言われ、珠子は慌てて声をひそめた。

「そ、そうなんですね……ありがとう春子、助けに来てくれたの？」

「そのつもりなんだけど……でも待って、この岩、私一人じゃ……どうしよう」

珠子を陥れた誰かの自慢話でも聞いて、慌てて駆け付けてくれたのだろう。しかし春子はただの人間の娘である。自分だけでは門を閉ざす重しをどうにもできず、次の手に困っている様子だ。

「珠子、春子に少し門から離れるように伝えてくれるかい」

「分かりました。春子、ちょっと門から離れてくれる？　深渕様がその岩を退《ど》けてくださるって」

「えっ、そうなの？　じゃあ、どうして今までそこに……ひゃあ！」

不思議がりながらも門から春子が距離を置いた次の瞬間、ごう、と風が吹き、門を閉ざしていた岩がごとりと動いて転がった。春子のすぐ側を通りすぎ、近くの壁にぶつかって動きを止める。

「うん、大丈夫だね。さすが珠子に愛される私だ」

「ええ、さすが私の愛する深渕様！」

門や岩を破壊して近衛たちを騒がせることもなく、春子にぶつけたりすることもなく、絶妙な制御でうまく事を成した深渕を褒め称《たた》えてから、珠子は門を開いた。念のために構えを取っていたのだが、そこにいたのは春子になりすました妖怪《ようかい》などではなく、地味で目立たない、けれど珠子にとっては何者にも代えがたい少女の姿だった。

「春子！」

「珠子、よかった、無事だったんだ……！」

春子が手にした脂燭《しそく》の灯《あか》りの中に、二人の笑顔が浮かび上がる。その表情になんら変わりはないものの、美しく装った珠子の姿を見て春子は驚いた顔になった。

「うわぁ、すごい……珠子って、きれいだったんだね……」

「えへへ、そう？　ありがとう。春子だってきれいだよ。私もね、ここに潜り込むために……あ」

うっかりと口を滑らせた珠子であったが、春子はすでに彼女がここにいる理由に見当が付いているようだった。

「やっぱり、理由があって参内《さんだい》したんだ。最初に珠子らしい人の噂を聞いた時は、何かの間違いかと思ったけど……龍神《りゅうじん》の妻なんて、そうそういないものね」

どう答えるべきか、少し迷った珠子の心を読んで深渕は言い添えた。

「話してもいいだろう。君が望月《もちづき》兄弟のいざこざ絡みで呼ばれたことなど、とっくの昔に知れ渡っているさ。ここの連中は本音と建前を使い分けるのがうまいので、面と向かっては言ってこないけどね」

「……そうか。そうすると、私たちがここに閉じ込められたのも、ただ嫌われているからではないかもしれないですね」

いきなり露骨な悪意を向けられた、そこにも何か意味を見るべきなのかもしれない。相手は光円《こうえん》の名前まで使ってきたのだ。こちらの手の内は、かなり読まれている。

うむむ、と眉根を寄せて悩んだ珠子であるが、深渕の腕の中とはいえ寒い野外で寝入ってしまった後である。悪意の霧が夜になって一際濃く感じることも手伝って、倦怠《けんたい》感が強い。あちこちの関節が痛んでつらい。春子との再会もできたことだし、本格的に愛宕山《あたごやま》に帰りたくなってきた。

「……ああ、もう、だめだぁ……だけど、春子にまた会えたのは本当に嬉《うれ》しいよ」

「珠子……」

へにゃりと笑う珠子を見て、春子は軽く眼を見張った。

「きれいになったけど……疲れてるね、珠子。珠子がこんなに疲れてるの、初めて見た」

春子の知る珠子といえば、とにかく元気で日がな一日薙刀《なぎなた》を振り回しているような少女だったのである。それが、せっかく雨を免れたというのに、まるで萎《しお》れた花のような気力の薄い笑みを浮かべているのだ。

「ねえ、よかったら、こっそり私の房に来ない？　お菓子もたくさんあるし……」

「春子ぉ！」

再会できただけでも、十分僥倖《ぎょうこう》だと思っていた。人目を避けている様子の彼女に、これ以上を期待すべきではないとも。

だが、春子のほうから誘ってくれたのだ。弱っていた珠子は奇声を上げて飛びついてしまった。

「いいの⁉　行く！　行くよ‼　もちろん行く‼」

「で、でも、本当にこっそりね⁉　須恵子様、あなたが参内したことをあまりよく思っていなくて……今日はもうおやすみだから、大丈夫だと思うけど……」

皇后を目指すと息巻いていた須恵子である。自分が誘った時はいい顔をしなかったくせに、月行《つきゆき》のお声掛かりなら来るのかと、彼女が拗《す》ねるのも無理はない。

「分かってる。春子には絶対に迷惑をかけないよ！」

「あ、あと、ごめんね。ちょっと声が大きいかなって……」

「あっ、ごめん！　だめだね、私一人で盛り上がっちゃって……」

控えめに注意されてしょんぼりする珠子。

耳慣れたやり取りを聞いて、深渕がくすくすと笑う。

「……珠子は本当に春子が好きだねえ」

「あっ、も、申し訳ありません！　深渕様。勝手に決めてしまって」

「構わないさ。君が喜ぶ顔を見られれば、私も嬉しいしね」

どこにでも付き合うよと笑ってくれた深渕にほっとした珠子は、春子の房に招かれて幸福な時間を過ごしたのだった。

深潤が周囲を警戒してくれたこともあって、須恵子にも誰にも会うことなく、珠子たちはそっと春子の房を抜け出した。

「ああ、楽しかった……」

まだおしゃべりの余韻が抜けず、ほうっと息を吐く珠子。真夜中の廊下を歩く彼女を照らすのは手元の脂燭の灯りのみ。だが現金なことに、すっかりと色艶《いろつや》の良くなった横顔に深潤は意地の悪い言葉をぶつける。

「ずいぶんと盛り上がっていたね、私のことを無視して」

それは、まあ、そのとおりなのだった。離れてからさほどの時間が経ったわけではないが、話せど話せど話題は尽きず、普段は周りが深潤を無視しないように気を付けている珠子も、途中から完全に彼を放り出してしまっていた。一瞬迷ったが、周りに人もいないし、彼のほうから振られた話なので珠子は慌てて弁解を始めた。

「あのあの、違うんです深潤様！　決して遊んでいたわけじゃなくて!!　春子の口から、私たちがどういう眼で見られていたかも分かりましたし……」

ざっくりとではあるが春子にはここに来た経緯を伝え、逆に彼女からは宮廷内で自分たちがどう見られているかの裏付けが取れた。やはりというか、かつて龍神の妻として名を馳《は》せた珠子が、月行のお声掛かりで参内したことについてあれこれと勘繰られているようだ。楠木《くすのき》の人々が口にした邪推も、あながち彼等だけの偏見とは言えないようである。

「そうだね。だけど、どうせ私たちは用事が済めば寺に帰るんだ。そこを知る必要があったかな？」

「うっ、そ、それは……あ、で、でも、春子も情報集めに協力してくれるって言っていましたし！」

「言ってはなんだが、須恵子様ならまだしも、彼女付きの女房に過ぎない春子が私たち以上の情報を集められるかな？　それも、ご主人様に内緒で」

「う、ううう……」

一から十まで、深渕の指摘に間違いはない。言い返せず、奥歯を噛《か》むしかない珠子を見て深渕はようやく気が済んだようだ。

「まあ、でも、彼女ならではの視点で物事を見れば、別の発見もあるかもしれない。それに情報収集を口実に春子と会えれば、珠子も嬉しいだろう？　君の元気の素《もと》になれるなら、彼女にとっても名誉なことだろう。それ以外の役には立たなくてもね」

「……深渕様は、お嫌？」

すねた眼で尋ね返されて、ふふ、と深渕が意味ありげに笑う。いつもなら、ここでこの話はおしまい。

だが、ここはずっと過ごしてきた寺ではない。ぬるま湯のように優しい日常を離れ、不得手としていた人の心の複雑な機微に触れることで珠子の深渕への見方も少し変わった。より正確にいえば、ずっと感じていた疑問が無視できなくなりつつあった。

「深渕様。私、深渕様を愛しています」

「知っているよ」

「あなたも、私を……愛してくださっている」

「もちろんさ。私たちは愛し合っているよ、珠子」

躊躇《ちゅうちょ》なく返される言葉に嘘はない。それでも珠子はもう、曇りのない笑顔で喜べないのだ。

「だけど……深渕様は、私を……、疑って、いらっしゃる」

「――へえ？」

どんな厳しい訓練よりも苦しい気持ちで絞り出した疑義。それを聞いて、深渕の眼が一瞬、金色に揺らめいた。大好きな美しい顔を直視できないでいる珠子が、それに気付くことはなかったが。

「時々……私を試すようなことをおっしゃいますよね。山にいる時は、それほど気になりませんでしたけど……宮廷に来てからは、ここに漂う悪意のせいでしょうか。とても、冷たく感じることが……増えて……」

嫌われている、とまでは思わない。ただ、試されていると感じる。龍神の妻として相応《ふさわ》しいかどうか、常に問いかけられている。だからこそ余計に、ただの友達である春子との再会が嬉しかった。

「君は……」

黒檀《こくたん》に戻った瞳《ひとみ》をさざめかせるようにして、深淵は笑った。

「君は本当に成長したね、珠子。愛情と信頼は別だということを、君が理解するとは思わなかった」

「な……！」

その口調には明らかに、小馬鹿にするような色が含まれていた。いつも優しく、祈流《いのる》や安選《あんせん》を引かせるほどに甘ったるい愛情を注いでくれていた夫の豹変《ひょうへん》に、珠子は愕然《がくぜん》と立ち尽くす。

しかし、じわりと目元にこみ上げた涙に輝く瞳に在るのは、悲しみだけではなかった。

「……そうですね。愛情と信頼は、別なんです。私たちの間には、信頼が足りない」

豹変したのではない。深渕の中に、それはずっとあったのだ。正面きって疑いを突き付けたことで、彼も隠していた感情を見せてくれた。一歩前進した、と思いたい。

「だから……私は、この件をお引き受けしたんです。月行様をお助けするためでもあり、祈流様の名を上げたい気持ちもあります。春子にも会いたかったし、お父様とお母様にもご挨拶《あいさつ》したい。だけど何より、私は……私は、深渕様、あなたの信頼がほしくて……！　あっ⁉」

きれいな建前に飾られていない、剝《む》き出しの欲望をさらけ出すのは恥ずかしくて堪《たま》らない。昂《たか》ぶる感情のまま、ぽろぽろと涙を零《こぼ》して訴える珠子を、深渕がいきなり乱暴に引き寄せた。

「ああ……君は本当に可愛いね、珠子」

つい先ほど、宴《えん》の松原《まつばら》の近くで、寒さから守るために優しく抱き締めてくれた時とは違う。骨が軋《きし》むほどに強く珠子を拘束した深渕が、耳朶《みみたぶ》を噛むような距離からささやいてくる。

「食べてしまいたいぐらいだ」

気付いたら、彼を突き飛ばしていた。乱れた息を吐きながら見つめた深渕は、取り立てて動揺した様子もなく、静かに珠子を見つめ返してくる。その表情はまるっきりいつもの彼で、だからこそ膝《ひざ》の震えが止まらない。

怖い。それ以上に、珠子に衝撃を与えている感覚があった。

相容《あいい》れない。

深渕と自分は相容れない。理屈抜きの直観に心臓を貫かれ、声が出ない。

「なんだお前ら、こんなところでまで痴話喧嘩《ちわげんか》か？　ずいぶん探したんだぞ」

そこへ安選が、暗闇の廊下を飛行して近付いてきた。疲労の色が濃いせいか、本当にただの痴話喧嘩だとしか思っていない様子だ。

「あ……あら、あ、安選様、お帰りなさい！　お、お手数をおかけして申し訳ありません。ちょっとその、宴の松原に続く通路に閉じ込められてしまって……!!」

咄嗟《とっさ》に珠子が言い繕うと、安選はそのようだな、と疲弊した息を吐いた。

「あそこにいなかったから、あちこち探し回る羽目になった」

「おや、私たちがあそこにいたと知っていたのか」

純粋に居場所が不明だったというより、いるべき場所にいなかったために、かえって混乱させてしまっていたらしい。だがなぜそれを知っているのか、と深渕が意外そうな顔をすると、安選は大人びたしぐさで肩を竦《すく》めた。

「そりゃな。なにせ、お前らをあそこに追い込んだのは楠木の連中だ」

不穏な動きをしていると見張っていた連中が、案の定の動きを見せたわけだと安選は説明を始めた。

「正確に言えば、珠子に嫉妬《しっと》している女房どもを扇動してやらせたんだが。ただ、詳しい理由は不明だ。ただの嫌がらせにしては底が浅すぎる。俺なら閉じ込めた上で、石礫《いしつぶて》でも降らせるところだな」

「雨は降ってきたけどねぇ……」

憂鬱《ゆううつ》そうに、深渕は天を仰いでみせた。そのしぐさも、表情も、普段の優しい夫に戻っている。

「そ……そうですね。むしろ、深渕様のためには外に出ていてよかったぐらいで……」

室内にいたならば、雨を浴びることもなかっただろう。逆効果だったと回想する珠子と深渕に、安選は思わぬことを切り出した。

「それよりもだ。奴らの真意を探ろうと、少々無理をして近付いたら意外なことが分かったぞ」

周りには誰もいない。いたとしても、天狗《てんぐ》の声を聞ける者は稀《まれ》だ。そうと分かってはいようが、安選の声は自然と潜められた。

「常当《つねあて》だったか。楠木の当主の右腕と、光円が密会をしていた」

楠木家の手引きによる悪意に晒《さら》された、その翌日の夜である。

「珠子、久しぶりだな。どうだ、調子は」

萩野《はぎの》を通じての要請に従い、光円と柏葉《かしわば》が珠子の房を訪ねてきた。

「……そうですね。現在のところ、あまり進展はありません」

「なんだ、人を呼び出しておいて何もないのか？」

不満そうな光円に、すかさず深渕が言い返す。

「だからこそ、だよ。そちらのほうに、変わったことはないかと思ってね」

「ぼ……僕か？」

心当たりがあるのか、光円は露骨に視線を彷徨《さまよ》わせた。彼の不審な行動を見咎《みとが》めた安選の眼が白くなる。

「珠子様たちのほうこそ、どうですか。宴の松原付近に閉じ込められた、と小耳に挟みましたが、大丈夫ですか？」

助け船を出してきたのは柏葉である。安選の登場、そして光円の不審な動きに気を取られてなあになっていた深渕とのやり取りが蘇《よみがえ》り、一瞬で珠子の意識を支配した。

「……だ、大丈夫、です！　ちょっと雨に降られたりはしましたが、何も……だって深渕様が、守ってくださるから……!!」

「ああ、もちろんさ、珠子。だって私は、君を愛し愛される夫なのだからね」

平然と言ってのけ、深渕は話を戻した。

「どうやら楠木の差し金だったらしい。彼等にしては陳腐な手で、目的も不明だけど、それだけに怖くてね。君たちのほうは大丈夫かな？　妨害などされていないかな」

心配を装った探りを入れられ、光円は思いきり視線を揺らした。額や鼻先にうっすらと汗が浮いている。

「光円様のほうでも、探ってはいらっしゃるのですよね？」

ここぞとばかりに珠子が畳みかけると、彼は幾ばくかほっとしたような口調になった。

「まあ……、そうだな。だが……、腹立たしいが、お前を山から降ろさねばならないぐらいに追い詰められていたんだ。今さら下手に動き回ったところで、大した情報など得られんだろう。なっ、そうだよな、柏葉！」

「ええ、残念ながらそうですね、光円様」

主《あるじ》の救援依頼に応じ、柏葉が後を引き取った。

「しかし、楠木の差し金ですか。参りましたね、今になって彼等が動き出すとは……無防備に足を運んでしまいましたが、あちらには常当様を始め、優秀な術者も多い。ここも見張られているかもしれませんし、迂闊《うかつ》な話はできませんね。いったん出直すと致しましょう」

言うなり立ち上がる柏葉に、深渕が鋭い声を発した。

「その調子だと、しばらく顔を合わせてくれなそうだね。いいのかい？　その間に私たちが、永人《ながひと》の怨霊《おんりょう》を片付けてしまっても」

「……元々、そのためにお呼びしたのです。どうぞご随意に」

「えっ、い、いいのか、柏葉……！」

光円が泡を食ったが、柏葉の目配せに唇を引き結ぶと、そのまま二人揃ってそそくさと退室していった。残された珠子たちは、顔を突き合わせて相談を始める。

「……どう思います？」

「柏葉はとにかく、光円は嘘が下手だな」

「怪しいね」

柏葉はさておいて、一番鈍感な珠子にも分かるほど、光円は挙動不審だった。安選が言うように、やはり彼等は裏で楠木の常当と何かしら取引をしていたのだろう。

「どうしましょうか。光円様たちに、もっとはっきり聞きますか……?」

「いや……、どうだろうね」

昨日の夜、珠子にはっきりとした疑惑を突き付けられた深渕は他人事のような思案顔だ。

「聞いて教えてくれる話なら、さっきの段階で口を割っているさ。第一、彼等は永人の怨霊自体は祓《はら》ってほしい様子だ。そちらを解決すれば、勝手に動き出すだろう」

「ああ……それを確認するために質問されたのですね。さすが深渕様……!」

信頼は揺らいでいるが、愛が減じたわけではない。いつもの調子で賞賛した珠子を、深渕は例の眼で見やる。

試す瞳。

「ありがとう、珠子。だから望月兄弟の件については、さっさと終わらせてしまいたいね。そろそろ全貌《ぜんぼう》が見えてきているんじゃないかな? 私の珠子には」

「本当か? 話を聞く相手も尽きてきたんじゃなかったのか。それでも、特に有用な情報は得られていないんだろう?」

安選は疑わしそうだ。しかし珠子は、しっかりと深渕の視線を受け止めてうなずいた。

「……ええ。安選様のおっしゃるとおり、聞けるだけの話は聞きましたが、そもそもなぜ永人様が怨霊になったのか自体、明確な理由は分かっていません」

むしろ聞けば聞くほど、周りがどう思っていようが、永人が月行を祟《たた》る理由が薄まっていくのだ。

「ですから、残ったものが答えなんだと思います」


二日後の朝、珠子は深渕と安選を伴って月行の房を訪ねていた。

「月行様、お約束どおりお一人でお会いくださって、ありがとうございます」

まず一言、不躾《ぶしつけ》な頼みに応じてくれた礼を述べた。

「陰陽師《おんみょうじ》どもには散々文句を言われたがね。だが萩野が、お前は信じられると言うのでな」

扇を開いたり閉じたりを繰り返しながら、脇息《きょうそく》にもたれた月行はため息交じりにつぶやいた。深渕や安選も軽くうなずいているのを見るに、本当に側には誰もいないらしい。

「……それは、光円様にもですか？」

「いいや。お前の言うとおり、光円には何も言っていないよ。あれも何せ売り出し中の身ゆえ、私以外のところにも媚《こび》を売るので忙しいのだろう。そもそもここ数日は、顔も見ていない」

ぱさりと音を立て、その手から半開きの扇が滑り落ちて床の上を滑っていった。それを握っていることすら億劫《おっくう》なのだろう。端整な顔からはすっかり生気が抜け落ちて、いっそ彼が畏《おそ》れている怨霊《おんりょう》たちに近しく見える。兄の死後なお続く呪いにより、まともに栄養を摂取できない状況が続いているせいだ。

「お前をここに連れてきた相手に口止めするなど、ますます怪しい、と言いたいところだが、私の体調は見てのとおりだ。今や私の顔に塗りたくられた白粉《おしろい》のほうが、お前より濃いだろうな」

ははは、と乾いた声で笑った月行の顔は、なるほど異様に白い。生気のなさを白粉でごまかしているようだが、それが分かってしまう段階に入っているということは、いよいよ終わりが近付いている。本人もそれを理解している。

「そろそろ限界だ。このまま座して死を待つよりも、可能性に賭《か》けたほうがいいと思っただけだ。お前が本当に龍神《りゅうじん》の寵愛《ちょうあい》を受けているとの噂は耳にしているしな」

楠木の手引きがあったことは珠子たちしか知らないが、嫉妬に駆られた一部の女房たちが近衛《このえ》と結託して閉じ込めたはずの二人が、翌朝には何食わぬ顔で姿を見せたことは宮廷中の評判になっていた。けろりとした様に恐れを成した下手人が、泣きながら祟《たた》らないでくれと謝りに来る始末。ただし唆した楠木の手の者は名乗りを上げるどころか、ますます警戒を強くして、今や安選もおいそれと近付けない状況である。

「さあ、珠子。それに深渕や安選とやらも、そこにいるのだろう？　そろそろ兄上を、天へ送って差し上げてくれないか」

力なく微笑んだ月行の眼が、また例の部屋の一角を指し示した。珠子も一応そちらを見たが、やはり永人の怨霊は見えない。

「……もし、それができないと申し上げましたら、どうなさいます？」

月行に視線を戻して言うと、予想外の答えではなかったらしい。彼は疲れたように、それでいてどこか安堵《あんど》したように微笑んだ。

「……そうだな。ならば、私を相応《ふさわ》しいところに送ってもらおうか」

まるでずっと、こう答えることを待っていたかのように、彼の返答は滑らかだった。

「萩野を筆頭に、懸命に私を支持してくれた者たちには悪いが……しょせん、私は器ではなかったのだ。兄上を殺《あや》めて以来ずっと、それを思い知らされ続けている……」

震える指先が、許しを請うように宙へ伸びた。

「兄上。もう、この不出来な弟を解放してくださいませんか。あなたの正しさは、私にはいささか重荷なのです……」

憎しみ。愛情。嫉妬。憧《あこが》れ。相反する感情が煮詰められた末に行き着いた、透明な祈りがその声には籠《こ》められていた。

「――月行様」

不意に立ち上がった珠子が押し殺した声で彼を呼ぶ。同時に彼女の手元から、はらりと何枚もの紙が舞い落ちた。

ただの紙ではない。祈流仕込みの術が仕込まれたそれは、見る間に小さな天狗《てんぐ》の姿を取った。

「式神……!?」

ぎょっと瞠目《どうもく》した月行の言うとおり、それは式神だった。光円が山座寺《やまくらでら》で放ったものは小鬼の姿をしていたが、あやかしでありつつも神性を帯びた天狗のほうが格が高い。半円を成した小天狗軍団に取り囲まれ、月行は天井を仰いで高々と自嘲《じちょう》した。

「は、はは……なるほど。つくづくと見る眼がないな、私は。実はお前こそが、楠木と結託していたというわけか……!?」

だから、陰陽師であり式神に対抗できる光円は、特に念入りに人払いさせたのか。早合《はやが》点《てん》した月行であるが、思い違いに気付いて首を振る。

「いや、そうではないな。龍《りゅう》は雨と雷を操る天の使い。私に罰を下しに来たというわけか」

彼の眼に映っているのは小天狗どもと、その後ろに武士のごとき雄々しさですっくと立っている珠子のみであるが、彼女の側には深渕がいるのだ。天狗よりもさらに格の高い、龍の神が。

「いいだろう。甘んじて受けよう。この命、好きに……」

我が天命は尽きたとばかりに、諦《あきら》めを口にする月行。その髪が、衣の裾《すそ》が、許さぬとばかりに吹いた突風に激しく揺れた。たとえ月行自身が、何もかも投げ出して終わろうとしても、それだけは許さないと。

「な、なんだ。また、風……!?」

小天狗たちが切り裂かれ、元の紙に戻っていく様を見やりながら、月行は愕然《がくぜん》とつぶやいた。渡り廊下で楠木の人々とやり合った時、このように突然の風に救われた。深渕や安選の仕業ではなかったことに誰もが不審を覚えたが、深く追及しないまま話は終わった。

それは場所が渡り廊下で、自然に風が吹いてもおかしくない場所だったからだ。しかしここは室内であり、人目を避けてくれとの注文に従い、蔀《しとみ》も閉ざされている。風圧に耐えかねて、その一部が跳ね上がって元の位置に戻る音で月行は多少の理性を取り戻したようだ。

「どうなっている。今のはお前たち……では、ないな」

「そうです。先日、楠木の皆様の罵詈《ばり》雑言《ぞうごん》より、月行様を助けてくださったのと同じ方です」

ここぞとばかりに、珠子は力強く断言した。

「永人様です、月行様。あの方は怨霊《おんりょう》になどなっていない。むしろすぐ側で、ずっとあなたを守っていらっしゃる!!」

風がやんだ。

無風無音となったその中で、見えない糸に引かれたかのように月行は立ち上がった。視線が向かう先は、いつも見ていた部屋の一角だ。そこには彼にしか見えない永人がいて、暗く湿ったまなざしで憎い弟を責め続けていた。

救いを求めるようなしぐさをこれ以上看過できず、珠子はずんずんと歩いて月行に近づき、ぐいっとその袖《そで》を引いて叱りつける。

「違うでしょう。そちらではありません!」

途端に月行は、幼い日に萩野に怒られていた頃のようにびくりと身を竦《すく》めた。少女の強い声によって、瞳《ひとみ》を閉ざしていた霧が情け容赦なく晴れていく。同時に後ろから、懐かしい声が聞こえた。

『やっと俺を認めたな、月行』

「あに、うえ……?」

思わず振り向いた月行が見たのは、陰鬱《いんうつ》に表情を歪《ゆが》めたおどろおどろしい姿ではない。

生前と同じく、よく言えば流行に左右されない、悪く言えば身なりに構わない、年中変わらぬ素っ気ない狩衣《かりぎぬ》姿の兄の姿だった。がっしりとした体格の偉丈夫で、月行と比べると優雅さには欠けるが、父親が同じであるため涼しげな瞳はよく似ている。

「えっ、な……でも、でも……兄上は、あそこに」

「いませんよ」

絵に描いたような怨霊の兄も、まだ月行の眼には映っている。この期に及んでどういうことかと困惑する彼の問いかけを、珠子はぴしゃりと切って捨てた。

「私にだけではなく、深渕様にも安選様にも見えないはずです。月行様がご覧になっていた永人様は、あなたの罪悪感が凝った幻です！　きっと兄君は、自分を恨んでいるに違いない。その思いが凝って、存在しない影を作ってしまったのです!!」

ずばりと言い切られた月行は、思わず彼にとっては突然生じたような兄を見た。永人は、黙って一つうなずきを返した。

「最初からおかしいとは思っていました。永人様の怨霊が感知できないのはもちろん、あなたの周りはむしろ浄化されているのですから。しかもどれだけ情報を聞き集めても、永人様はやれ風流を解しないだ朴念仁だとは言われておりますが、お人柄が悪いという噂は聞かなかった。……月行様以外からは」

『そうだな』

「弟君に使用された呪《しゅ》は割と陰湿だなと思いましたけど……」

『俺もそう思う』

自分の評価は理解しているらしい。傷付いた風もなく永人がうなずくと、月行は今さらのように慌て始めた。

「ち、違う！　私は兄上の人柄が悪いなどとは、一度も……!!　使用した呪だって、雇った術者どもが勝手に選んだのだろうし！」

『しかし、俺はお前を恨んで怨霊になっているほうが自然だと思っていたのだろう？』

「それは……！　そう、ですが……!!」

言い逃れできないと察したか、ぐぐ、と唇を噛《か》んだ月行は開き直ったように反論を開始する。

「だって、そうでしょう。私なら無理だ。片親とはいえ、血の繋《つな》がった兄弟に呪殺《じゅさつ》されたのですよ、あなたは！　温厚を通り越して、鈍感な兄上であっても、さすがに……!!」

『失礼な。確かに俺はお前の言うように鈍感な男だったが、片親とはいえ、血の繋がった兄弟を恨むほど狭量ではない』

いくらなんでも言い過ぎだと、永人は否定した。月行の表情が険しさを増す。

「……ああ、本当に兄上ですね。その小憎らしい物言い、変わらない……!!」

『……すまん。どうも俺は細やかな気遣いが苦手だ、許せ』

「謝らないでください！　そういうところも、本当に苦手なんだ……!!」

地団駄を踏まんばかりに月行は声を張り上げた。

「じゃあ、なんですか。兄上は私を恨むどころか、呪い殺されてなお私を心配し、側にいて守ってくれていたと!?　それなのに私の眼が曇りきっているばかりに、偽の影に踊らされて勝手に憔悴《しょうすい》していたと……!?」

「……まあ、そういうことですね！」

『端的に言えばそうだな』

うまいごまかし方が見つからず、簡潔に肯定した珠子。永人も似たような調子で声を揃えた。反応に困って固まっている月行に、おもむろに立ち上がった深渕が近付いていく。

「深渕様……!?」

打ち合わせにない動きに驚いた珠子が呼びかけると、彼は大袈裟《おおげさ》に肩を竦めた。

「おやおや、私はずいぶんと君の信用を失ってしまったのだね？　大丈夫だよ、悪いようにはしないから」

くすりと笑われ、かっと顔を赤くして黙り込む珠子。何が起こっているか分からず、戸惑う月行に深淵はそのまま近付いていった。

「さすがの私も、今は君に同情を覚えているよ、月行」

耳元にそうささやかれた瞬間、月行は思わず後ずさった。見開かれた瞳は過たず深淵を捉《とら》えている。

「な、あ、あなたが、深淵様……!?」

正しく神の造詣《ぞうけい》である美貌《びぼう》を前にして、月行は声をうわずらせた。

「そうだよ、君に認識してもらうのは初めてだね。兄君を知覚できるようになった君は、人ならざる世界と繋がってしまった。いずれ兄君以外も視えるようになるだろうし、ついでにここで挨拶《あいさつ》できるようにしておいてあげるよ」

「直接嫌味が言えるように、だろう?」

呆《あき》れた声を上げた安選も知覚できるようになったらしい。小さい、とつい口走ってしまった月行を、安選はぎろりと睨《にら》み付けた。

『お初にお目にかかる。龍神《りゅうじん》殿……、ですよね。月行の兄、永人と申します』

二人のやり取りを尻目《しりめ》に、永人は深淵に頭を下げた。

「存在自体は感知していたが、正式に顔を合わせるのは確かに最初だな。初めまして。もう会う機会もないだろうけどね」

月行に寄り添うものである永人は、本体の強固な思い込みによって深渕の認知さえ歪めており、まともに顔を見ることもできずにいたのだ。とはいえ、深渕の望月兄弟への関心もまた、珠子への愛の付属物である。永人の挨拶にも、ごく儀礼的に応じた。

『そうでしょうが、ならばなおのこと礼を尽くさねば。弟のために力を尽くしてくださって、感謝しております』

「ふふ、ご兄弟揃って、真面目で礼儀正しくていらっしゃるのですね……きゃっ⁉」

珠子が口にしたのはただの感想だったが、永人の応じる気配が気に障ったらしい。さらりと深渕に肩を抱かれ、眼を白黒させる。

「いいんだよ、珠子。散々迷惑を掛けられたのだし、もう君が彼等と話す必要はない」

「あの、ですが、私も一応初めてお目にかかりますので、ご挨拶ぐらいは……深渕様の妻が、礼儀知らずだと思われては困ります」

どぎまぎしながら応じると、深渕がふっと息だけで笑った。

「……手強《てごわ》いね。まだ、君を信じてもいないくせに、嫉妬《しっと》だけはするのかなどとは思ってくれないか」

「え？」

「なんでもないよ。とにかく、必要もないのに私以外の男と話さないで。いいね？」

堂々と命じるのを聞いていた永人は真顔で弟に命じた。

『月行、世話になった手前表現を控えるが、お前もこの龍《りゅう》との付き合いはやめろ』

「……兄上、黙っていてください。これからは、あなたの声は私にも聞こえるんだ。引きずられる可能性があるので、余計な言動は慎んでいただきたい」

たしなめられて、彼は驚いたように月行を見た。

『俺はこのまま、お前の側にいていいのか。てっきりすぐに、天に送られるかと思っていたが……』

「……何を今さら。私の醜態を、ずっと観察していらしたくせに」

不貞腐《ふてくさ》れたようにつぶやく月行の頬は、いまだ分厚い白粉《おしろい》で覆われている。しかしその声や瞳には、生気が戻りつつあった。

『俺も好きでお前の醜態を観察していたわけではないぞ。何度呼びかけてもお前が認めてくれないので、やむを得ずだ』

「分かっていますよ、そんなことは！　ああもう!!　これだから兄上は!!」

呆れたように言い返しながらも、どこか月行は嬉《うれ》しそうである。だがそこで、何かに気付いたように表情を陰らせた。

「……ですが、私に愛想が尽きたなら、どうぞいつでも見放してください。とうにご存じでしょうが、私は……あなたを、この機に乗じて消してしまいたいとも、確かに思っていたんだ」

何かと比べられてきた兄への殺意は本物だったのだ。珠子は思わず眉《まゆ》を寄せたが、当の永人は涼しい顔である。

『だろうな。しかし、気にすることはない。俺もお前を嫌っている部分はある』

え、と月行は間抜けな声を出した。自分が兄を嫌うことはあっても、兄が自分を嫌っているとは思っていなかったらしい。安選がぼそりと「なんとも『弟』だな、甘やかされ過ぎだ」と肩を竦めた。

『当然だろう。お前の言うとおり、俺はお前の使役する陰陽師《おんみょうじ》どもに手にしたものが壊れる呪いをかけられ、そのせいで落馬して命を落としたのだから。馬まで巻き込んでしまって、気の毒なことをした。いくらなんでもひどいとは思っているし、腹も立っているぞ』

「そ、それは……そうです、ね……」

直截《ちょくせつ》に責められ、眼を伏せる月行に永人は首を振る。

『気にするな。俺も陰湿な呪いを選んだからな。お互い様だ』

「……え？　私にかけた呪いは、術者どもが勝手に選定したのでは……？」

『いいや、俺が指示した。俺より細いお前には、食欲を削る手は確実に効くと思ってな』

「はぁ!?」

「えっ、そうだったんですか!?」

珠子まで驚いてしまったが、永人は平然としたものである。

『当然だろう。お前のことが憎いわけではないが、勝負をすると決めた以上、弟には負けられん。一番効く手を打つに決まっている』

悪びれもせず、しれっと断言してから、あっけらかんと破顔する永人。

『だが、お前を殺す結果になるよりはよかった。お前は妙なところで潔いから、死した後はさっさと俺など見捨て、一人で天に去っていただろうしな』

短い間に感情が上がり下がりした月行は、とても何か言いたそうな眼をしたのも束の間、逆に吹っ切れたのだろう。ふっと、気抜けした笑みを浮かべた。

「私たちのくだらない争いのせいで、望月の声望はずいぶんと下がってしまったんだ。母上たちのためとはいえ、兄上にも責任の一端はあります。……せいぜいこき使って差し上げますよ、これからもずっと」

『そうか。——嬉しいぞ。よろしく頼む』

永人も無骨な顔をほころばせる。同じように月行も笑った。そうすると二人は、実に兄弟らしかった。

「改めて、お前たちにはずいぶんと世話になった。お前たちを連れて来てくれた光円たちにも、よく礼を言わねば……」

照れ臭いのか、努めて厳《いか》めしい調子で月行は仕切り直した。それはただの照れ隠しではなく、薄々感じていた不穏な予感のせいでもあった。

「と言いたいところだが、お前たちはどうやら、光円に何か含むところがありそうだな。そろそろ話してくれてもいいのではないか？」

『あのように取り乱しておきながら、もう立ち直ったのか。さすが月行、俺を呪い殺しただけはある』

「……兄上は本当にちょっと黙っていてもらえますか。それで？　どうなのだ、深渕、安選」

せっかく仕切り直したのだ。渋い顔で永人を制した月行に促されて、二人は顔を見合わせた。

「……どうする、深渕、例の件」

「……そうだね。彼等にも、話しておくべきことだろうな」

望月家にも無関係とは言えない話だ。深渕が口火を切った。

「さっき、珠子が式神を放った時、我々が楠木と通じていたのかと疑ったね。それは違うと断言できるが、光円についてはどうも様子がおかしい。率直に言って、楠木と通じていた可能性がある」

「あの、ですけど、深渕様。楠木の方々は、失礼ながら光円様を相手にしているようでは……ああでも、そう見せかけているだけの可能性もあるんでしたっけ……もう！」

思わず珠子が口を挟んだが、両者に売り込みをかけた経緯のある光円の思惑は読みにくい。一概に庇《かば》うこともできず、唇を噛《か》んでしまう。

「そうだね。それと、念のために確認だ。永人、君を呪い殺したのは確かに月行だね？」

『月行、答えてもいいか』

「……どうぞ！」

『許可が出たので答える。ああ、そうだ』

胃の痛い思いをしている弟を尻目に、永人は簡潔に答えた。

「楠木の介入は？」

『なかった。少なくとも、直接的には。俺たち双方に腕の良い術士を斡旋《あっせん》した形跡はあるが、出世を望む者ならどうせ望月か楠木のどちらかに売り込みをかけている。多少呪殺《じゅさつ》が成るまでの時間は短縮されたかもしれんが、結末に関われるほどではない』

「ふうん、やっぱりね。これ幸いと、彼等は君たちの自滅を待っていたんだな」

下手に手出しをしなくとも、望む結果が出るのだ。後から詮索《せんさく》されて困るほどの策は必要ない、と楠木は考えていたようである。

「……腹立たしいが、あの古狸にかかれば、私と兄上のどちらが相手でも恐れるに足りんと高を括《くく》っていたのだろう」

月行も悔しげに同意する。彼が認めるように、どちらがくたばっても、望月が弱体化する未来に変わりはない。実際は想定以上に月行は取り乱し、楠木の目論見《もくろみ》は成ったはずなのだ。

「それが突然動き出した、か……」

『すまん。俺のせいかもしれん』

あまり動じない性格の永人が、申し訳なさそうな顔をした。彼の言わんとしていることに気付いた安選がうなずく。

「……ああ、そうだな。奴ら、お前に砂をぶっかけられてから様子がおかしいんだ。月行が龍神の力を得ることを気にしている様子もあったし」

当時はただの言いがかり、月行を侮辱するための手段に過ぎないと思われていた寝取り発言も、ここに来て重みを増してきた。

失礼な話だと、山を降りる前の珠子なら憤慨しただろう。月行が龍神の力を得るなどあり得ない、私は深渕様一筋なのですから、と。

だが今は、喉元《のどもと》までせり上がった言葉を外に出せなかった。自分たちの間には、愛情はあるが信頼が足りない。そこに気付きはしたものの、珠子としてはやはり、愛しているなら信じるのが当たり前ではないかと思ってしまうのだ。

つまりは自分たちの間には、愛情も。唇を噛む彼女の肩を抱いたまま、深渕が薄く笑う。

「光円たちに何か思惑があるとは思っていたよ。やたらと龍の力に興味を示してくるし。陰陽師であれば、当然だろうとも感じていたけれど」

愛宕山を下りる道すがら、龍の力に興味を示しすぎて木から吊《つる》された光円を珠子も思い出した。暗い考えを振り切り、目の前の問題に集中しようと努める。

「……もしかすると、最初から、私たちを試すために宮廷へ……？」

「そうだろうね。この間、通路に閉じ込められたのもそのせいだろう。望月兄弟の件も、私たちを誘い出す口実ぐらいに思っているのだろうな」

「まあ……許せません！　月行様は、本当に困っていらっしゃったのに……!!」

憤る珠子に微笑んでから、深渕は永人に質問した。

「もしかしたら彼等は、最初から君たちの内情も分かっていたのかな」

『通常の状態ではない、と勘付いてはいたかもな。だが、俺を感知していたようではない』

深渕でさえ、姿を認識できないような状態だったのだ。光円及び、楠木家がいかに優れた陰陽師を揃えていようが、そこまでは分からなかっただろう。

「最上の腕利きは、帝《みかど》の病平癒に駆り出されているだろうしねえ。君のほうは、彼等の内情は分からない？」

『光円については、よくいる売り込みの一人だと思って、それほど注視もしていなかったしな。腕はあるので、ぱっと見ただけでは俺に深い事情まで汲《く》み取れはしなかった。楠木には気を付けてはいたが、俺が砂を浴びせるまで大きな動きはなかったと思う。俺は月行の側にずっといたので、弟に近寄ってくる者以外はよく分からん』

弱っている月行から下手に離れれば、どんな風に害されるか分からないのだ。永人の行動はもっともだろうと深渕もうなずいた。

「ふむ……だが、事態は動いた。望月の件が首尾良く片付いたと見れば、誤解を深める可能性はあるね。あまり長居もしたくないし、口裏を合わせて解決したと報告して、尻尾《しっぽ》を出すのを待つのが妥当かな。どうだろう、月行」

「それがよろしいでしょう。ですが、明日以降にしていただけますか。なんというか、少し、疲れたので……ようやく食事もまともにできそうですし……」

体力も気力も尽きた様子で、彼は深く息を吐いた。一つの壁を突破すれば理解が早く、ここまではがんばってきた月行であるが、元々衰弱が激しかったのだ。限界が近いようである。

『ああ、そうだな。珠子も疲れただろう。一度房に戻るといい』

「私は……まだまだ元気ですけど、月行様は永人様と、ご兄弟水入らずでお話ししたいこともあるでしょうしね。分かりました。おいしいものを、たくさん食べてください！」

本当は少し疲れているのだ。望月兄弟のことではなく、主に深渕のことで。だがそれを表に出すわけにもいかず、笑顔で珠子は頭を下げ、辞去しようとした。深渕と安選もそれに続く。

彼等が背を向けたところで、永人は月行に小さくささやきかけた。一瞬怪訝《けげん》な表情をした月行だったが、すぐにうなずいて深渕に声をかけた。

「深渕様、安選様、少々お待ちを。その……兄上は今後、改めて私の補佐を務めてくださるようになりましょう。その際、他の者はとにかく、萩野には兄上のお姿や声が知覚できるようにしてほしいのですが……龍《りゅう》と天狗《てんぐ》の力で、なんとかなりませんか？」

「ふむ、そうだねえ」

「深渕、お前はさっき、こいつに何かやって兄貴を認識させていただろう。同じようにできないか？」

月行の願いは極めて妥当だ。解決は可能か、思案しながら二人が月行の側に近寄っていく。

珠子も名指しこそ受けていないが、祈流仕込みの術で手助けができないかと後に続こうとしたところ、永人に行く手を阻まれた。軽く身を屈《かが》めた彼の声が耳元に落とされる。

『珠子。お前には世話になったので、老婆心ながら忠告をしておく。——深渕には気を付けろ』

「……分かって、います」

彼がただただ、珠子をべたべたと愛してくれるだけの夫ではないと先日痛感したばかりだ。永人は少し意外そうに「そうか、分かっているのならいいのだが……」とつぶやいた。

永人の祟《たた》り話に決着が付いてから二日後の昼過ぎ、月行の名前で呼び出された光円は、動揺を露《あら》わにしながら彼の房を訪れた。

「永人様……!?」

事前説明はある程度受けていたし、彼もいっぱしの術者である。中へ通されるなり、月行の斜め後ろに控えた永人を視認した。共に参上した柏葉も、顔を伏せながら一瞬眼を丸くした。

「ほ、本当に……そうか。月行様の守護神になっていらしたのですね……」

『神の名を冠されるほど大した存在ではないが、弟を守護していることは間違いない』

生前と変わらぬ口調と揺るがぬ表情に、光円は返す言葉を失い、月行はひたすら苦笑いしている。

「まあ、そういうわけだ。すまなかったな、光円。お前にも散々手間をかけさせてしまったが、ご覧のとおり。私の疑心暗鬼が凝った影は消え、優秀な守護者が残ってくれた」

微笑む表情はすっきりとしていて、彼生来の聡明《そうめい》な貴公子ぶりが遺憾なく発揮されていた。

「それもこれも、お前がそこなる珠子を紹介してくれたおかげだ。感謝している。また何かあれば、是非頼む」

目配せされて、光円の横に座っていた珠子は楚々《そそ》と頭を下げた。腹芸というものが下手なため、とにかく当面は黙っていろと頭上の安選にきつく言い含められているので、表情の動きを見せないためにもこうしているのが一番いい。

「は、は……！　ありがたき幸せ……!!」

ほとんど身を投げ出すように、光円も深々と頭を下げた。すぐさま望月家に召し抱えられることこそなかったが、ただの紹介者である光円としては、望月の当主からここまで言われただけでも僥倖《ぎょうこう》であろう。ようやく出世の階段に足をかけられた喜びに、その声は震えている。

だが彼は、ぐずぐずと場に留《とど》まり、何か言いたそうにしている。彼が何を気にしているかは大体見当は付いているものの、しれっと月行は言った。

「ああ、褒美は約束どおり……いや、約束以上のものを遣わそう。楽しみにしているといい」

「あ、いえ、そうではなくて……その、珠子……」

「安心しろ。お前を飛び越えて、珠子を召し抱えたりはしない。もちろん妻にも迎えない。兄上のような者が二人も側にいては、私が保《も》たんからな」

長い抑圧から解き放たれたせいか、際どい冗談まで口にする月行。彼が元気になった分、光円の挙動不審ぶりが目立つ。

「そもそも彼女たちは、宮廷暮らしになんの魅力も感じていないのだ。これ以上引き留めても気の毒だろう。褒美を受け取ったら、好きな時に寺へ戻るがいい」

「えっ」

それを聞いた瞬間、面白いように光円は顔色を変えた。

「なんだ。まだ珠子たちに何か用があるのか？　まさかお前も、龍神《りゅうじん》の妻に興味が？」

「い、いいえ……」

誰に、どんな用があるのか。明言を避け、うつむく光円をこれ以上揺さぶっても意味がないと察し、月行は永人に目線で合図を送った。

「ならばいい。では、下がれ」

「は、はい……では、私どもはこれにて。珠子、お前たちもだ」

ついでのような言い方だが、光円の瞳《ひとみ》は切迫したものを含んでいる。理由を聞きたく思ったが、どうにか堪《こら》えた珠子に変わって深渕が返事をした。

「そうだね。行こう、珠子、安選」

何食わぬ顔をして歩き始めた彼の背を追い、珠子たちも移動し始めた。


取り急ぎ全員で珠子の房に入ったところで、早速光円は切り出した。

「……見事な解決だ。それは認める」

事を荒立てることなく、閉ざされていた月行の心まで救い、丸く収めた。文句のない閉幕であろう。ただ一点を除いては。

「だがな……そりゃあ、解決していいとは言ったがな！　それにしたって、紹介者である僕になんの報告もなしに、いきなり解決して事後報告とはどういうことだ。いくらなんでも無礼が過ぎないか!?」

「そうですよ。それも、あのように不躾《ぶしつけ》な方法で。うまくいったからよかったものの、下手をすれば月行様の怒りに触れ、私たちまで宮廷から追い出されていたかもしれないのですよ？」

光円をたしなめる役に回りがちだった柏葉も、控えめにだが苦言を呈してきた。宮廷に来たばかりの珠子であれば、さすが都の人は本音と建前が別なのだと、妙な感心をして終わったかもしれない。

しかし光円たちは、楠木の常当と接触を持っていたことをこの期に及んで話題に出さない。

「申し訳ない。だがこちらも、即座に解決しようと思っていたわけではなかったんだ。なんというか、珠子があまりにも不甲斐《ふがい》ない月行様を叱りつけているうちに、いつの間にか解決してしまってね」

面を伏せたまま、懸命に思考を巡らせている珠子の横で、深渕は涼しい顔でそう言ってのけた。

「望月の御曹司は、遠慮なく叱りつけられるのに慣れていなかったんだろうね。びっくり仰天したショックで自縄自縛の呪《しゅ》が解けたんだ。私たちのほうだって、まさか永人が怨《おん》霊《りょう》どころか、弟の守護霊もどきになっているとは意外だった……ああ、ショックはダメージに近い言葉だよ、珠子。衝撃、という意味だ」

途中で見知らぬ単語に反応した珠子に、深渕はすかさず言い添えた。経緯に相違点はあるものの、結末だけは合っているため、光円は特に疑っていないようだ。

「なるほど……そうか。確かに月行様は、永人様の死に大きなしょっくを受けていらっしゃったようだからな。怨霊は人の心が生み出すもの。ご本人の恨みではなく、罪悪感が形を取ったものという可能性もあるのか……くそ、盲点だった……」

自分に気が付くことができていればと、光円は悔しそうだ。取り合わず、深渕は話を切り上げにかかった。

「とにかく、解決できたんだから、これで文句はないだろう。私たちは山に帰るよ」

「えっ」

当たり前の発言に、光円がはっと身じろぐ。

「あ、そ、そう、だよな……だが、ちょ……ちょっと待ってくれ。褒美、そうだ、褒美を渡さないと」

「褒美をくれるのは望月家だろう？」

にべもなく言い返した深渕が、珠子の手を引いて立ち上がろうとする。その裾《すそ》に取りすがらんばかりにして光円は引き留めにかかった。

「とにかく！　とにかく、ちょっと待て!!　褒美……そうだ、僕たちからも褒美を渡さねば！　そうだよな、柏葉!!」

「……そうですね。思った以上の働きをしてくださったのですし」

焦った主《あるじ》に救援を要請され、柏葉は慎重に口を開いた。

「それに、寺にお戻りになるのなら、旅支度が必要になりましょう。何分急なお話ですので、まだなんの準備もできておりません。数日はお時間を頂戴《ちょうだい》したい」

「そうだそうだ！　深渕はまだしも、珠子は普通の人間なんだからな！」

「……まあ、騒ぎを起こさず戻るには準備も必要か」

いかにも不承不承、といった体で深渕も認めた。隣で珠子は彼の背に乗って愛宕山まで戻る妄想に、一瞬胸を躍らせていた。

珠子たちとしても、光円たち及び楠木家の動きを見たくてかまをかけたのだ。帰りは宮中に入るような準備は不要とはいえ、手ぶらで気軽に戻れるような距離でもない。支度が整うのを待つという名目で、そのまま夜を迎えた。

「おやすみ、深渕様。珠子」

「はい、深渕様。申し訳ありませんが、お任せします」

いつもなら並んで眠りに就くのだが、寺で最初に出会った時のように、いきなり式神などをけしかけられる可能性もあるのだ。見張りが必要なので、深渕がしばらくは起きているとかって出てくれた。

「なに、君の寝顔を見つめていれば、あっという間に夜明けだよ。ここだけの話、眠らずに君の顔を見ている夜も多いんだ」

「……まあ……」

「気持ち悪いな」

なんともいえない表情の珠子に先んじて安選が端的に評し、羽を畳んだ。彼も眠り、途中で深渕と交代する予定だ。珠子も番をすると言ったのだが、その気になれば睡眠の不要な人外二人のほうが向いていると諭されてしまったのだった。

「辛辣《しんらつ》だね。まあ、君は祈流の顔には興味がなさそうだからな」

「……あいつが女童《めのわらわ》の頃から見慣れてるんだ、飽きるさ」

「そうですね、安選様は祈流様の全てに興味がおありですから……」

「ああそうだなはいはい、面白い女なのは認めるよ」

深渕を躱《かわ》したと思ったら珠子が追撃してきたので、安選は諦《あきら》め顔でぞんざいに流した。

彼が眼を閉じたのを見計らい、深渕が小さな声でささやきかけてくる。

「微妙な顔だね。君も、気持ち悪いって思ってる？」

「い、いいえ！　決して、そのような……」

……ただ。眠る自分を見つめる深渕がどのような表情を浮かべているのか、それが気になっただけだ。信頼だけではなく、愛情も足りないかもしれない自分たち。朴念仁でありながら奇妙な鋭さを併せ持つ永人の忠告も、いまだ鼓膜にこびりついている。

「ねえ、珠子。私が君を想っているのは間違いない。それは本当だよ。どうか、私を信じて」

珠子のことを信じてくれないくせに、自分のことを信じろと彼は言う。唇をわななかせた珠子は、結局何も言えずに押し黙っていた。

「……お前ら、どうした？　なんだか最近、変だぞ」

気が付くと、険しい顔をした安選が眼を開いていた。取り繕いかけた珠子と安選の顔が同時に引き締まる。

「これは……」

「誰か来たな」

そろそろと近付いてきた人影は、畳んでいた羽を広げた安選の声には反応しない。彼の声が聞こえないということは、術者の類《たぐ》いではないようだ。

そう思いながら身を起こした珠子は、自分を呼ぶか細い声を聞き分けた。

「……春子？」

「そ、そう……よかった、起きていてくれて……」

御簾《みす》越しにも分かるほど身を縮め、震えながら小さくうなずいたのは間違いなく春子だった。深渕に視線を送ると、彼も同意してくれたので、取り急ぎ彼女を房内に迎え入れる。

先日の夜、助けに来てくれた時と同じく春子は一人だった。その上灯《あか》りも持っていない。軒先に吊《つる》された釣燈籠《つりどうろう》などはあるものの、すでに就寝時刻となっているため、大抵の房の高燈台《たかとうだい》は消されている。ただでさえ臆病《おくびょう》な彼女にとって、薄暗い宮廷内を手燭《てしょく》もなしに訪ねてくるのは余程のことだ。

「一体どうしたの、春子。……まさか、誰かに何かされた？」

深渕には大した役に立たないだろうと一蹴《いっしゅう》されてしまったが、春子には望月兄弟についての情報収集を依頼してあった。しかし、これまた深渕に看破されたように、珠子も春子が有益な情報を手に入れられるとは思っていない。会うための口実として頼んだ面が大きかった。

彼等の件がすでに収束していることはまだ伝え損ねていたが、望月兄弟に関わる情報を持って来てくれたにしては様子がおかしい。険しい顔で質問する珠子に、春子はしがみついてきた。

「私じゃないの」

珠子の肩口に額を押し付け、彼女は押し殺した声で言う。

「私じゃなくて、須恵子様が……！」

その名に打たれでもしたかのように、珠子はびくりと身を震わせた。

「黒い影のようなものが、いきなり須恵子様を連れていったの……！　あ、あなたと引き換えに解放してくれるって。あなた以外の人に話したら須恵子様は戻って来ないって。だから珠子、珠子、ごめんなさい……!!」

細い指先が珠子の二の腕を掴《つか》む。重ねた小袿《こうちぎ》越しである上に、春子に珠子のような腕力はない。しかしその指先は、皮膚ではなく心に食い込んでくるようだった。

「――ううん、とんでもないよ、春子。悪いのは私」

その手にそっと己の手を重ねながら、珠子もまた体が震え出すのを感じていた。己の不見識に対する怒りのせいだ。

光円はまだしも、彼と密会していたという常当の属する楠木は宮廷を二分する実力者なのだ。ずっとこちらの様子を窺《うかが》っていた節もあり、春子との交流が復活したことにも気付いていたに違いない。

そんな彼等を不用意に刺激したものだから、思わぬ形で報復を受けたのだ。無論、須恵子に何事かあれば、いくら楠木だとてただでは済まないだろうが、それだけ切羽詰まっているとも考えられる。指示に従わねば、どうなるか分からない。

「その顔だと、止めても無駄のようだね」

「……はい。ごめんなさい、深渕様。私、行きます」

諦めと愛《いと》しさの入り交じった夫の一言に、珠子は決然とうなずいた。場がまとまった瞬間、安選が横槍《よこやり》を入れてきた。

「春子ではなく、須恵子を連れていくところがいやらしいな」

「安選」

たしなめる深渕を、安選は臆《おく》せず鼻で笑う。

「お前もそう思ってるんじゃないか？　さらわれたのが春子なら、行かせなかったんじゃないか」

「安選様、春子に失礼ですよ！」

存在を否定せずにいてくれるとはいえ、春子には二人の会話は聞こえない。だが、聞こえないからといって、失礼なことを言ってはいけない。

「それに……深渕様にも、失礼です」

ためらいがちに付け加えた珠子を、深渕は静謐《せいひつ》な瞳《ひとみ》で見つめた。人の情を解しないわけではなく、それを超越したまなざしが珠子の唇を縫い止める。

「そうだね。安選の言うとおりだ。私が今珠子を行かせるのは、向こうの目的がいまだ不明、迷っている間に須恵子が害される可能性があり、かつ彼女が害された場合の責任を君に被《かぶ》せられる可能性があるからだよ」

春子も須恵子も、深渕にとっては平等にどうでもいいのだ。彼が珠子を危険にさらすのを承知するのは、そうしなければ別の危険が生じる可能性がある。ただ、それだけの理由からである。

「ごめんね、珠子。私は君が一番大切なんだ。……私のことが嫌いになったかな？」

またた。

また試されている。

「――いいえ」

半ば自分に言い聞かせるように、珠子は首を振った。

「つまり……つまり、私がうまく立ち回って全て解決すればいい訳ですね。分かりました！」

そう告げて、不安そうに成り行きを見守っている春子の手をぎゅっと握り、眼と眼を合わせた。

「行こう、春子。大丈夫、深渕様や安選様がいなくても私は強いから！」

「う……うん！　ありがとう、珠子……!!」

胸が詰まったような声を上げ、うなずく春子。彼女と一緒に房の外へ出ながら、珠子は言った。

「安選様、深渕様をお願いします」

「逆じゃないか？」

いつもの天然かとぼやく安選であるが、そうではない。ちゃんと理由あっての人選である。

「純粋な能力でいえば、もちろん深渕様のほうがずっと上でしょう。ですが……」

永人の忠告が頭を過《よぎ》る。──深渕には気を付けろ。

珠子は深渕の妻であり、人間の小娘としては強いほうだという自負はあるが、しょせんは人間の小娘でしかない。ならば彼等の狙いは、最終的には深渕の力を得ることなのだろう。だから、深渕を奪われたりしないよう、その身辺に気を付けろ。永人の忠告は、そういう風にも受け取れる。

どうか、そうであってくれまいか。ちらりと頭を過った願いを、ひっそりと握った手の中で潰《つぶ》した。違う。そうじゃない。悲しいけれど、そうじゃないのだ。

「珠子？」

「……なんでもありません」

微笑んでごまかした珠子は、改めて説明を始めた。

「光円様たちは、ふ……深渕様の持つ龍《りゅう》の力を最初から気にかけていらっしゃいました。あの方たちの狙いは、やはり深渕様だと思います。だから……一番気を付けるべきは深渕様だと、私は考えています」

今この場においては、この考えは間違いではないはず。分かっているが、虚《むな》しい妄想にすがっているような気になってしまう。

「そうだね。だから、私の唯一の宝である君を手に入れ、言うことを聞かせようとしてくるだろう」

平静を装おうとするあまり、少しぎこちなくなってしまったが、深渕は抜け抜けと珠子の説明に乗ってきた。

「それでも行くの？」

「……はい。ですから、万が一の時は……私や私の家の評判など気にせず、存分にお力を振るってください」

宮廷での振る舞いというものが、本人だけではなく親兄弟にも波及するのだと珠子も理解が進んだ。自分たちが何かやらかせば、両親にも累が及ぶのだろうが、彼等の深い愛情もまた珠子は理解している。下手に日和った態度を取れば、母に激しく叱責《しっせき》されるであろうことも。

「ま、そうなるだろうな」

黙って話を聞いていた安選が息を吐き、深渕は曖昧《あいまい》に微笑む。

「ずるいな、君は」

「……ごめんなさい」

含むところがあると分かっていても、それでもなお最愛の夫も友達も両方を手放したくない。それゆえ、夫側が譲歩してくれることを理解した上で友達を優先したのだ。ずるいのは己でも分かっている。

「いいさ。前にも言っただろう？　悪女の君も可愛いとね。さあ、時間がないのだろう。

もう行きなさい」

「――はい、深渕様。行こう、春子。大丈夫、春子のことは私が守ってあげる」

ぐずぐずしていると、本当に須恵子の身に危害が加えられるかもしれない。気持ちを切り替え、珠子は春子の手を握り直した。

「……ありがとう、珠子……！」

珠子の声しか聞こえない春子だが、珠子の言葉と表情でおおまかなやり取りを読み取ったのだろう。罪悪感に瞳を曇らせながらもうなずき、珠子を先導して歩き始めた。


人気のない暗い宮中を、春子に導かれるまま珠子は歩いていく。

近衛《このえ》か誰かに見咎《みとが》められるのではないかと思ったが、春子は珠子よりよほどここでの暮らしに慣れているせいだろう。最初こそ躊躇《ちゅうちょ》のそぶりを見せたものの、的確に近衛のいない道筋を選んでいく。

「どこまで行くの、春子」

「……もう少しだよ」

具体的な場所については返答をくれないまま、進んでいく春子を追いかけながら珠子はあたりを見回した。

「見回りの人に、全然会わないね。会わないっていうか、いない……？」

「うん、このあたりの近衛は遠ざけてあるから、安心していいって言われてる」

答えながら、春子はすいすいと歩を進めていく。少し考えてから、珠子は彼女の背に問いかけた。

「ところで春子。須恵子様をさらい、あなたに私を呼びに行かせたのは誰？　楠木家の方？」

「……そう、なのかな。ごめんなさい、あなたを連れて来い以上のことは、何も聞かされていないの」

寺へ帰ることを光円たちに匂わせた日の夜に須恵子を拉致《らち》し、かつ近衛を遠ざけられる権力を持つ相手だ。状況から見て楠木家が黒幕であることは間違いなかろうが、春子はただの使者。何も聞かされていなくてもおかしくない。

ヒントはない。だから次の質問は、ほとんどただの直観によるものだった。

「……ねえ、春子。須恵子様は、本当に拐《かどわ》かされたの？」

ぴくりと肩を震わせ、春子は一瞬だけ足を止めたが、振り返らずに再び歩き出そうとした。

「……何を言ってるの。それより、早く」

「春子」

その手首を、珠子はぐっと摑《つか》み止めた。手の平、及びかもじにも慣れてきたはずの首の後ろがじっとりと汗ばんできていたが、言わねばならないことがあった。

「春子はいい子だし、山座寺にまで須恵子様の側仕えとしてついて来るぐらいだから、信用はされてると思う。だけど、めでたく宮中に戻った須恵子様のお側にいるのは春子だけ？　もっと身分の高い、経験のある女房が何人もいるんじゃないかな」

たとえば月行のところにいる、萩野のような。なお、深渕と安選の力によって萩野にも人ならざるモノを見せることは可能ではあるらしいが、心身に負荷がかかることに加え、彼女本人が「月行様の反応をお聞きすれば、永人様が何をおっしゃったかは大体分かるので……」とのことで却下となった。

「それは……」

「あなたが代表して、遣わされたという話は通るよ。友達の私を呼び出すためなんだから。でも、今宮中は帝《みかど》のご病気や、望月家の騒動で、魑魅魍魎《ちみもうりょう》の類《たぐ》いに関してはとても敏感になっているみたい。そんな時に、いきなり正三位《しょうさんみ》のご息女が妙なモノに拉致されて、まるで騒がずにいられるかな」

宮廷の中はしんと静かだ。なにせ帝が伏せっていらっしゃるため、女性たちが寝所に召されるようなこともない。こんな時に位の高い娘を拐かされて、さほど重用されているとも思えない春子に全てを任せ、静観していられるものだろうか。

息苦しい思いで質問を重ねると、いきなり春子が振り返った。

「珠子を騙《だま》しているのは、私だけじゃないかもしれないよ」

「え？」

自分が珠子を騙していると暗に認めた上で、突然の指摘を始めた春子。二重の意味で戸惑う珠子を置き去りに、彼女は続けた。

「私も、詳しくは聞いていないけれど……深渕様って、珠子が信じているような、いいモノじゃないかもしれない」

「……そんなことないよ。あの方は……私の夫で、恩人、だもの」

疑われているのは知っている。春子が言うような危惧《きぐ》も、胸の底に積もりつつある。それでも、自分が深渕を疑ってはいけないと、珠子は首を振った。

「そうだね、きっと珠子のことだけは助けてくれるよ！」

叩《たた》き付けるように、春子は声を跳ね上げた。いつもおとなしい彼女がこんな声を出すのを聞いたことがなくて、珠子は呆然《ぼうぜん》とするしかない。

「……でも、私のことなんて、きっと道端の石ぐらいにしか思ってないでしょ。須恵子様の家に頼るしかない、私のことなんてどうでもいいんだ」

「は、春子」

それは……そうかも、しれない。安選に水を向けられた結果とはいえ、深渕は春子を明らかに軽んじていた。

「そんなことないよ、その……ふ、深渕様にとって、私以外はみんな一緒だよ！」

思わず言ってしまってから、珠子自身もさすがにこれはどうなんだ、と思った。どう言い繕うべきか考えている珠子に、春子は気抜けしたような笑みを浮かべる。

「ごめんね、珠子。珠子の見抜いたとおりだよ。須恵子様は拐かされてなんかいない。……そんなことになったら、私なんて簡単に追い出されちゃう」

はっきりと、彼女は自分がついた嘘を認めた。

「私の役目は、あなたを深渕様たちからできるだけ引き離すことなんだ。たったこれだけで、須恵子様にこき使われて手に入る一年分のお金をもらえたの。これで少し、お父様とお母様に楽をさせてあげられる……」

つまらない子だと小馬鹿にされながら、須恵子に仕えている理由。それを切なげにつぶやいた春子の眼が挑発的に光った。

「ねえ、珠子。私といると、安心できるって言ってくれたよね。……それって、私のことを馬鹿にしてるってことでしょ。私じゃ、競争相手にならないから。あなたみたいに、素敵な殿方に求婚されることもない、私なんかじゃ」

春子といると安心する。そう伝えた時、彼女が妙な態度を取った理由をやっと理解した。理解したゆえに珠子は何も言えなかった。生きた石像と化した友達を、春子はせせら笑う。

「須恵子様も珠子も、結局は一緒なんだ。私のことを下に見て……きゃあっ⁉」

歪《ゆが》んだ嘲笑《ちょうしょう》が途中で崩れたのは、二人を巨大な地響きが襲ったからだ。ただの怯《おび》える少女の顔になって、春子は外に眼を向けた。雷でも落ちてきたのかと思ったのだろう。かつて清涼殿を落雷が直撃し、大騒ぎになったことは今でも広く知られている。

だが珠子はくるりと踵《きびす》を返した。

深渕の呼び声が聞こえた気がしたからだ。風を操る龍《りゅう》である彼が、こんな地響きを伴う力の使い方をするのを見たことはないが、胸に訴えるものがあった。間違いない。

ただし、具体的に彼がどこにいるかは不明だが、この地響きの震源地に行けばいいのだろう。おおよその見当を付けて走り出そうとした珠子の手を春子が摑み止めた。

「珠子、だめだよ。行っちゃ駄目‼」

驚いて見つめれば、春子は気まずそうにしながらも懸命に訴えてきた。

「わ……私だって、珠子のこと……友達だとは思ってるよ。ただ裏切れって言われたなら断った！　だけど、だけど深渕様は、もしかしたら帝のご病気の原因かもしれないって言われて……!!」

「えっ？」

鈍い珠子の耳の奥、蘇《よみがえ》る永人の忠告。――深渕には気を付けろ。

遅まきながら、彼が言わんとしていた本当の意味を理解した。分かっていますと告げた時、彼が意外そうな顔をした意味も。

単に、深渕が珠子を心から信じていない、不実な夫だから気を付けろ程度の話ではない。もっと根源的、かつ直接的な告発だったのだ。弟の守護霊のような存在と化した彼には、深渕の危険性が感知できたのだろう。

考えてみれば、祈流に言われたからとはいえ、面倒くさがり屋を自称して憚《はばか》らぬ安選がしょっちゅう自分たちと行動を共にしてくれるのもおかしな話ではないか？　働いた分のお代はいただかないとだめだと、口を酸っぱくする祈流の口出しも同様に。

永人は朴念仁。安選は捻《ひね》くれ者。祈流はがめつい生臭尼僧だが、根は善き者たちであると珠子は知っている。人ならざる存在に詳しい者たちでもある。

その三者が揃って危険視する、龍。

足下が崩れていく。膝《ひざ》も崩れそうだ。身も世もなく泣きわめき、どうしてと叫びたい。そうだ。珠子に必要なのは、その「どうして」の部分なのだ。

「確かめる」

断言した珠子は、すばやく春子の手を外した。動きを制限するかもじも外し、その場にぽいと放り出した。重なった小袿《こうちぎ》さえ何枚か脱ぎ捨て、できるだけ身を軽くする。

「た、珠子！　でも」

「もしかしたら、じゃだめ。どうしてなんて、ここで言っても意味がないもの。ちゃんと深渕様に、はっきり聞く!!」

疑わしいのは分かっているが、それでは足りない。受けた恩と愛を覆すには足りない。走り出した先に待つ真実を思うと恐ろしいが、それ以上に勝手に膨らみ自壊を促す疑いを恐れ、珠子は駆けていった。

第五章　誰も知らない怪物

行く先々で人々が不安に飛び起き、騒いでいた。この期に及んで近衛《このえ》が遠巻きにしているはずがなく、近衛陣《このえじん》に戻っていたか、別の場所の見回りをしていたと思《おぼ》しき者が、御簾《みす》に隠れて恐れおののく貴族たちを庇《かば》うように立ち並んでいる。何名かは弓を取り出し、鳴弦の儀を執り行っていた。

「また雷ではないですか」

「雷神と化した怨霊《おんりょう》では」

「やはり、帝が伏せっていらっしゃるから……」

怯えた人々が吐き出す不安が、別の誰かの不安を煽《あお》る。中には望月《もちづき》兄弟の確執を引き合いに出し、彼等が宮廷を騒がせたせいでは、と話す者もいる。

「皆様、お戻りになってお休みください。これは物の怪《け》の類いの仕業と推測されます。下手に出歩かれると、崇《たた》られてしまいますぞ!!」

近衛少将《このえしょうしょう》と思われる男性が、配下以外の者たちに室内に戻るよう呼びかけている。咄嗟《とっさ》の判断で、珠子《たまこ》は彼の側に駆け寄った。

「申し訳ありません、通してください！」

穢《けが》れを嫌い、内裏内へ退避する人の流れに逆らって進み出た珠子の身なりを近衛少将は誤解したらしい。

「そなた……!? どうした、そのなりは。まさか、物の怪に……!?」

「私は龍神《りゅうじん》の妻、珠子と申します！」

着替えを持って来させようとする動きに先んじ、珠子ははっきりと名乗った。案の定噂は広く知れ渡っているようで、近衛少将だけではなく、周囲にいた彼の部下たちも一様におののく。その混乱につけ込むように、珠子は堂々と要求した。

「故あって女房の一人として参内《さんだい》しておりましたが、今こそ私の真価を発揮する時が来たようです。さあ、騒ぎの中心へ案内を!!」

時が来たと言わんばかりのはったりは、混乱した近衛たちの心を強く打ったようだった。

宴《えん》の松原《まつばら》。

珠子の勢いに飲まれた近衛少将に連れられて訪れたその場所は、以前と比べても明らかに空気が淀《よど》んでいた。夜の闇よりなお暗い悪意の霧が、月の光さえ遠ざけているようだ。

「……うっ」

いい加減宮廷に慣れたはずの珠子も口元を押さえてしまった。陰陽術《おんみょうじゅつ》に長《た》けているとは思えぬ近衛たちも、ただならぬ「何か」の気配を感じ取ったようである。

「わ、我々はここまでで」

「ええ、問題ありません。案内してくださってありがとう!!」

笑顔で礼を述べ、珠子は尼削《あまそ》ぎ髪を振り乱しながら宴の松原の中に飛び込んだ。名前のとおり、そこは立ち並ぶ松の林である。ただでさえ視界が悪いその場所に、まずは眼を慣らそうといったん立ち止まってあたりを見回していると、奥からぬうっと人影が現れた。

「柏葉《かしわば》様……」

黒い直衣《のうし》に身を包んだ柏葉は、一瞬首から上だけが宙に浮いているように見えた。

「思ったよりも早い……と思ったら、いやはや、勇ましい。やはりあなたは、内裏などに収まる女性ではないようだ」

楽しげに喉《のど》を鳴らす彼を、珠子は臆《おく》することなく睨《にら》み付けた。

「退《ど》いてください。深渕《ふかぶち》様と安選《あんせん》様は、そちらにいらっしゃるのでしょう？　会わせていただきます」

だいぶ収まってきたが、今も時々足下の地面が揺れる。ともすれば心まで揺らしそうなそれを制するように、しっかりと足を踏ん張って断言したが、柏葉は意味深長に微笑むだけだ。

「深渕、ね。それは、彼が名乗ったのです？　それとも、あなたが付けた名前？」

「……どういう……？　深渕様は、最初から深渕様ですが」

思い返せば、確かに深渕は出会い頭に名乗りこそしなかった。珠子は人外の美貌《びぼう》を見て彼を「かみさま」だと思い込み、そう呼びかけたが否定された。

だが神様ではない彼との取引には対価が必要だと言われ、嫁ぐことを承知してすぐに己が龍であることも、深渕という名も教えてくれたのだ。

「深淵之水夜礼花神《ふかふちのみずやれはなのかみ》」

珠子の困惑を押しのけるように、柏葉は耳に馴染《なじ》むような馴染まないような名前を発した。

「『古事記』に登場する神の名ですが、具体的な描写がなく、字面などから水に関連する神だと推測されています。おそらくこのあたりに由来する名付けなのでしょうね。力ある古き龍の名としては、相応《ふさわ》しい」

「そうですね、正しくあの方にぴったり！」

最初は驚いたものの、由来といい響きといい、深渕によく似合うのは間違いない。つい同調してしまった珠子を突き放すように、柏葉はうなずく。

「ええ、本当に龍ならね」

珠子の胸から摑《つか》み出したがごとき言葉をぶつけられ、眼が泳いでしまった。

「ま……回りくどいことをおっしゃらないでください。言いたいことがおありなら、はっきり……、きゃっ⁉」

一際大きく地面が揺れた。同時に、声ならぬ咆哮《ほうこう》が闇を貫き、髪をかき乱す。寒気が全身を包み、二の腕にぶわりと鳥肌が立った。ちょっと身軽さを優先させすぎたかもしれないと、珠子は残した着物の前をかき寄せるようにしながら後悔した。

「ええい、もう！　申し訳ありませんが、私は行きます‼」

くだくだしい長話に付き合っていられる状態ではない。珠子は柏葉の横をすり抜けて松林の中に突撃した。幸か不幸か柏葉と話している間に眼も慣れてきており、木の幹にぶつかったりすることもなく、断続的に聞こえてくる雄叫びを追いかけていく。

不意に、視界が開けた。松林の中に小さな広場がある。古い木が倒れることによって生じたもののようだ。月明かりに輝くその中央に光円《こうえん》が立っており、彼の向かい側に赤いものが倒れている。

一瞬、最悪の結果を予想したが、赤いのはいつも深渕が着ている深紅の狩衣《かりぎぬ》だった。体を丸め、苦しげに地に伏している彼の苦悶《くもん》の表情もまた、清浄な銀の光に照らされている。安選も少し離れた場所に転がっているが、こちらは完全に意識がないようだ。二人とも呪《じゅ》符《ふ》を全身のあちこちに貼られている。

「深渕様……！」

「あっ、くそ、来たのか、珠子！」

反射的に口をついて出た呼びかけに気付いて光円が振り返った。

「来ますとも！　当然でしょう、よくも春子《はるこ》に私を裏切るような真似をさせて……!!　せっかく月行《つきゆき》様にも認めていただいたのに、楠木《くすのき》家にもいい顔をしようなんて!!　いくら恩義ある光円様といえども、許しませんからね!!」

状況が状況である。普段のおとなしさをかなぐり捨て、眼を三角にして怒る珠子に、刹《せつ》那《な》、光円は胸を突かれたような顔をした。

「……その恩義も、元を辿《たど》ればお前を騙《だま》すために……ええい、もう！」

怒り狂っていてもなお、失われぬ彼女の善性。それによって生じた躊躇《ちゅうちょ》を振り切り、光円は反論を始めた。

「そもそも僕は、望月にも楠木にも大して期待などしていない！　奴らはずっと僕を売り出し中の若造と馬鹿にして、まともに相手にしてくれなかったからな!!」

その恨みは根深いようだ。光円の声は少し震えている。

「僕の狙いはもっと上だ！　望月家の騒動など、お前らを宮廷に呼び付け、本当に龍神が憑《つ》いているのか、本物だとすればどれほどの力を有するのか、判定するための方便に過ぎん!!」

望月兄弟を巡る因縁がどう収束しようが、光円たちにとってはどうでもよかったのだ。

珠子と深渕に疑いを抱かせず、彼女たちの力を発揮できる舞台装置にさえなってくれれば。

「じゃあ楠木家の常当《つねあて》様と密会していたのはなぜですか!?」

「ぐっ、そうか、道理で妙な気配を感じると思っていたら、それも知っていたのか……それはだな」

「光円様、馬鹿正直に答える必要がありますか？」

珠子を追ってきた柏葉が、呆《あき》れたように突っ込んだ。矢継ぎ早の追及に、つい応じてしまっていたと気付いた光円は顔を赤くする。

「く、くそ、そうだ、勢いがすごくてつい……あっ、こら、暴れるな！」

術者の気が逸《そ》れたせいか、深渕がうなるような声を上げながら身じろいだ。再び地が揺れ、不意を突かれた珠子も転びそうになってしまう。

「深渕様！」

鍛えた体幹で踏みとどまりつつも、声ににじむ切迫は止められなかった。

「やめて！　深渕様と安選様を解放しなさい!!」

「それはできんさ。深渕の力こそが私たちの、真の目的なんだからな」

「やっぱり……」

……永人《ながひと》の忠告を、ただ彼が狙われているから気を付けろという、それだけの意味だと思えていたらどんなに良かっただろう。虚《むな》しい希望に気を取られつつ、珠子は春子から聞いた話を突き付けた。

「い、いいのですか。深渕様は、帝《みかど》のご病気の理由かもしれないという話も……」

「ああ、柏葉はそんな与太をお前の友達に吹き込んだようだな。馬鹿な小娘だ。帝の病気はもう何年も続いている。時期が合わんだろう」

春子の罪悪感を薄めるための嘘に決まっていると切って捨て、光円は再度命じた。

「珠子、深渕を痛め付けられるのが嫌なら、こいつに僕たちに従うよう言え！」

「嫌です!!」

一瞬弱気になったのも束の間、それはそれである。深渕への疑惑は消えないが、だからといって光円の言いなりになどなれない。震える足を踏ん張り、断固として要求を撥《は》ね付けた。

「今ここで痛め付けなかったとしても、後で利用するつもりなのでしょう！　なら駄目です!!　一刻も早く無傷で解放しなさい!!」

「嫌だが!?」

力が入りすぎて、いささか図々《ずうずう》しいぐらいの要求を返す珠子。いつにない彼女の剣幕に押されっぱなしの光円に、柏葉がため息をついた。

「仕方がありませんね」

その手が伸びてきたのを察し、珠子はすばやく避けようとした。彼の腕は都に向かう旅の途中で見ていたので、十分避けられると考えていた。ところが、

「うっ……!?」

想定外の速度と力を有する手。一度捕まってしまえば、体格差と筋力差は圧倒的だった。抵抗する暇もなく首と腰を締め付けられ、彼に背を預けた格好になってしまう。

「小娘風情が、とは言いませんよ。女性でも子供でも、あなたより強い者はいる。単に今のあなたが私を侮り、実力の差を読み違えた。それだけの話です。夫と師の窮状に心が乱れていた、という言い訳はできましょうがね」

一から十まで、彼の言うとおりである。山を下りる間に見た技量が全てだと、誰が言っ

たのか。己の頭の単純さを珠子は呪った。

「とはいえ、誤解しないでください。先ほども少し申し上げましたが、どうにも深渕には、おかしな点が多すぎる。私たちはね、珠子。あなたが騙されているのではないかと、心配しているのですよ」

耳の裏から甘ったるく響く声。柏葉の唇がそのあたりを掠《かす》め、珠子はぞっと身を震わせた。

「やめろ。珠子から離れろ、下郎!!」

不埒《ふらち》な気配を察したのだろう。かっと眼を剝《む》いた深渕が怒鳴った。

「うわっ!?」

なだめようと近付いた光円が袂《たもと》で顔を覆う。しかし上等な布地を通過して、強烈な風がその全身に叩《たた》き付けられた。しかも、ただの風ではない。

「あ、あちち! なんだ、熱風……!?」

深渕の能力を探ろうとして仕置きを食らい、彼の風に木の上まで運ばれたこともある光円である。その記憶があるだけに、記憶にない熱に面食らった様子だ。火傷《やけど》を負うとまではいかなかったが、顔を庇《かば》った手の甲が赤みを帯びている。

その様を見て、柏葉は独り言のようにつぶやいた。

「やはり……、常当様の言ったとおりだ。深渕は、龍《りゅう》ではない」

「えっ、常当様……？」

突然出てきた常当の名前。繋《つな》がりが分からず、きょとんとする彼女を拘束したままで柏葉は話しかけてきた。

「おかしいと思いませんでしたか、珠子様。深渕の性質は、よく知られた龍とはかなり異なっている」

「それは……」

言われて、珠子は深渕と重ねてきた思い出を振り返る。

「確かに……龍としても、いささか完璧《かんぺき》すぎる御方ですが……」

「そうでしょうね。龍脈《りゅうみやく》は人を栄えさせますが、財産を引き寄せる龍など、あまり聞いたことがない」

慣れた調子で、柏葉はこの期に及んで始まりかけた惚気《のろけ》をばっさり斬り捨てた。

「御しやすくするために住処《すみか》の湖から引き剝《は》がし、人の世の濁りが渦巻く宮廷におびき寄せました。ところが、あなたは思ったよりも弱ったが、逆にこの男はまるで弱る様子がない」

深渕の弱体化をも期待して、彼等は珠子たちを宮廷に連れて来たらしい。水場を好む龍が相手であれば、そう考えるのも無理はない。

冷静にそう判断し、そこで終わってほしい思考が止まらない。柏葉たちは知らない情報を餌に、疑惑は膨らんでいく。

ここ宴の松原に続く通路に閉じ込められた時の話だ。あの時深渕は、せっかく恵みの雨が降ってきたのに、珠子だけではなく彼自身も含めて水を弾《はじ》く膜を張った。珠子はそれを、ぴったり抱き合ったような状態で一部だけを除外するのは難しいからだと判断した。

違うのかもしれない。

むしろ彼は、水が嫌いなのではなかろうか。だから「船遊び」も、あまり好まないのでは。龍の姿を取るのを避けているのも、正体を知られたくないからでは。

「だけど！　深渕様は、風を操ります‼」

「そのようですが、そもそも彼の風は、まず先に熱を生むではないですか」

「そ、れは……」

それは、珠子もよく知っている。理屈は分からないが、深渕が使う風はいきなり生じるのではない。前触れのようにその全身がゆらりと揺らめいて見えるのだ。

不思議に思って尋ねると、今柏葉が言ったように、空気を動かすために熱を放出しているのだと説明してくれた。その結果として蜃気楼《しんきろう》が生じ、術者の姿がぶれて映るらしい。

「熱で大気を操り、その結果として風を起こしている。だが、一般的に龍といえば、直接風を生み出すもの」

言われてみれば、そのとおり。深渕が熱を操るほうが得意な龍であるのなら、それを使えばいい。風のほうが使い勝手がいい場面もあろうが、使い分ければいい話だ。

「なぜ、回りくどいことをしてまで風を使っているのか。答えは簡単です。己が龍であると、周りに……いえ、あなたに思い込ませたいからですよ、珠子」

柏葉の説明は淀《よど》みない。ついに言い返せる材料もなくなった珠子は、こわごわと尋ねた。

「じゃあ、深渕様は、一体なんだと……？」

「鵺《ぬえ》」

前々から用意していたらしき回答が、箘潔に投げ寄越された。

それは顔は猿、胴体は狸、手足は虎で尾は蛇と、様々な動物の部位を繋ぎ合わせたような奇っ怪な姿とされる、有名なあやかしの名である。珠子も概要は祈流《いのる》に教えられて知っている。帝に仇《あだ》なす性質であることも。

柏葉はこの疑いを持っていたから、春子を揺らすために帝の病気を持ち出したのだろう。大きな嘘をつく時は、小さな真実を混ぜるのが常道だ。

「ですけど……鵺は、夜に鳥のような声で鳴き、時の帝を恐れさせた妖怪《ようかい》であって……財産を引き寄せるですとか、熱を操るような逸話は聞いたことがありません」

「ええ、私も知りません。ですが魑魅魍魎《ちみもうりょう》の生態の全てが伝えられているわけはない。むしろ、不明な部分が多いからこそ、畏《おそ》れられているのでしょう。伝えられている姿形の異様さも、得体の知れない化物だから、との解釈もできますしね」

いろいろな動物に似ているようで似ていない、摑《つか》み所のなさも鵺の特徴である。龍を名乗るが龍とは違う特性を持つ深渕も鵺、もしくはそれに近い存在ということか。理屈は分かるが感情が納得できず、押し黙っている珠子に柏葉は誘いかけてきた。

「全ては推測に過ぎませんが、少なくとも龍ではない、というのが私の現状の認識です。その正体は今から明らかになるでしょう。あなたも協力してくださるのなら」

「嫌です!!」

深渕の正体については、さすがの珠子も目をつむりきれなくなりつつあるが、だからといって彼を売る手伝いなどできるものか。断固として断った。柏葉も返事は分かっていたらしい。

「……仕方のない方だ。実際に己の眼で真実を見なければ、納得していただけませんか。光円様、もういいでしょう。あれを使いましょう」

言われて、必死に深渕の抵抗を抑えていた光円は視線を彷徨《さまよ》わせた。

「で、でも……帝には、龍だと言って引き渡したほうがよくないか？　そのほうが、きっと喜んでいただける……」

「帝!?」

聞き捨てならない名を耳にして、珠子は大きく目を見張った。

「あなたたち、帝の命令で動いていたのですか？」

「……やれやれですね、光円様。だからあなたは、万年売り出し中なのだ」

「うるさいな！」

鼻先を赤くして光円は叫んだ。横から珠子が食ってかかる。

「どういうことです。帝は病床に伏せっていらっしゃるのでは……!?」

春子の行く先から近衛《このえ》を遠ざけた。常より人気がないとはいえ、内裏内でこのように地響きを立てながら騒ぎを起こしているのに、人が集まってくる気配もない。楠木の協力があるゆえかと思っていたが、帝が後ろにいるのなら話は別である。

「さあ？　高貴な御方の考えることは、私などには分かりませんよ」

投げ出すように柏葉は一蹴《いっしゅう》した。

「分かるのは、帝の求めに応じられれば、莫大《ばくだい》な報償がいただけるということだけです。逆に帝を謀《たばか》ったと後で知れれば、流刑……いえ、死を賜ることとなるでしょう」

重々しい発言は決してただの脅しではない。光円もそれは理解しているようで、表情に怯《おび》えが走った。すかさず柏葉が畳みかける。

「ですから光円様、さっさと白澤《はくたく》の呪符《じゅふ》を使いなさい！」

「……白澤？」

どこかで聞いたような名だ、と珠子は思った。確か唐《とう》のあやかし、というより聖獣で、統治者の徳が高い世の中に現れるという。病魔に強いと聞いたことがあるが、柏葉はその名を冠した札を帝《みかど》の病平癒のためではなく、深渕に使用しろと言う。

そして言われた光円は、使用をためらっている。

「しかし……常当も、あれは貴重なものだと言っていたし……」

どうやら例の密会は、白澤の札の受け渡しのためのものだったらしい。話の流れから察するに、術士として才があるゆえに深渕に疑いを抱いた常当が光円に近付き、彼を使嗾《しそう》してその正体を暴こうとしたのだろう。もちろん常当は望月家に深渕の力を渡すまいとしての行動だったのだろうが、そもそも光円は望月にも楠木にも恨みを抱いていたため、こんなにややこしいことになってしまったのだ。

「ものには使い所というものがあります。帝に引き渡す前に正体を知っておかねばなりません。本当にこの深渕が、帝のご病気の原因である可能性もあるのですから……!!」

珠子も先ほど言ったように、鵺は帝に病をもたらすモノとして有名である。光円も当然それを知っているが、知っているからこその躊躇《ちゅうちょ》があるようだ。

「え、うん……でも、時期も合わないし、こいつが帝を呪って何になるんだ？　望月兄弟のように因縁がある訳でもなし、余計なことをすれば降伏《ごうぶく》される可能性も生じるのに……」

「理由は本人に聞けばいいでしょう。さあ、お早く！　あまり時間を食っていると、あなたより格上の陰陽師《おんみょうじ》たちが来てしまうかもしれない!!　彼等に手柄を横取りされてもいいのですか!?」

いくら帝が後ろに付いているとはいえ、内裏の中で騒ぎを長引かせれば、いつまでも人を遠ざけてはいられないだろう。煽《あお》られて、光円はさーっと青ざめた。

「嫌だ！　冗談じゃない、ここまで手間をかけておいて……!!　くそっ、分かった！　やるぞ、やってやるぞぉ!!」

自らを鼓舞するように怒鳴った光円が懐に手を差し込んだ。取り出した札を、今なお苦《く》悶《もん》する深渕の額に叩き付ける。

次の瞬間、彼を中心にぶわっと熱い水蒸気が噴き出した。白澤の呪符を含め、深渕を封じていた全ての札が四散する。

あちちち、とさっきの比ではない叫び声を上げた光円が大慌てで後ずさった。柏葉も珠子を抱えたまま、大きく後ろに下がった。

その拍子に珠子は、白澤についての別の知識を思い出していた。

白澤は非常に博識なのだ。時の帝のために、あらゆる魑魅魍魎の名を教えたという逸話もある。

それが転じて、白澤の姿を描いた札は魔除《まよ》けとして用いられていた。名を暴かれて正体を知られると、あやかしは弱くなるからだ。

光円が使用した札はその変形なのだろう。すなわち、博覧強記の聖獣の力によって、真の姿を明らかにする術。

むっとする熱気が立ちこめ、白く濁った松林のあちこちから、ばきばきと不吉な音が聞こえてくる。何かが倒れる音がそれに続き、冷や汗をにじませながら状況を見守っている珠子と柏葉の足下を揺らす。

やがて視界が晴れてきた。最初から倒れていた古い木の上に、切断面が生々しい色をした倒木が何本も転がっている。それは半周り広くなった広場の中央に鎮座する、巨大なモノの仕業だった。ちょっとした建物ほどもある太い尾が何本かの松を薙《な》ぎ払った結果、広場の面積が増えたのだ。

「……あ、あれ？」

一番近くにいた光円が、ついに正体を現した深渕を上から下まで眺め回して気の抜けた声を上げる。

「あれ、これ、やっぱり龍《りゅう》じゃないか……？」

「……む？」

珠子を拘束したまま、柏葉も眉根《まゆね》を寄せた。

「……確かに……龍に近い……しかし、どこかが……」

珠子はといえば、反応を見失って呆然《ぼうぜん》としていた。

滑らかな深紅の鱗《うろこ》に包まれたしなやかな肉体。太い首の上に乗った顔は、人間体と同じくすらりと鼻筋が通っている。切れ長の金瞳《きんどう》に大きな口。天を目指す二本の角。逞《たくま》しい四肢でしっかりと大地を踏みしめ、優雅な長い尾の先をゆっくりと振っている。この姿が湖の上に浮かぶと、照り返しで全身が鮮やかな赤に煌《きら》めいて、本当に美しいのだが……

「……いつもの深渕様じゃないですか」

白澤の札とはなんだったのか。ここまで心をかき乱された分、げんなりしている珠子の髪を突風が乱した。

深渕が術を使った訳ではない。彼が背に畳んでいた、皮膜を張った翼を厳かに開いたせいである。珠子は慣れているのに加え、背中に柏葉という壁があるので問題なかったが、光円は派手に尻餅《しりもち》をついた。

「翼があるぞ⁉　やっぱり龍じゃない‼」

「飛龍《ひりゅう》をご存じないのです？　空を飛ぶ深渕様も、それはもう美しいんですよ……」

勉強不足だと、珠子は突っ込みつつ惚気《のろけ》た。早合点《はやがてん》だったと感じた光円は口をつぐんだが、柏葉は納得しかねる様子だ。

「飛龍、ですか。確かに翼を持つ龍はいると聞きますが、全体の形が……これは蛇、というよりも蜥蜴《とかげ》に近いような……手足も、やけに力強い……」

伝承にある龍は基礎が蛇体であり、手も足も小さく描かれていることが多い。「三停九似《さんていきゅうじ》」とも言われ、「三停」は「頭から腕の付け根」「腕の付け根から腰」「腰から尾の先」の長さがそれぞれ同じであることを示す。「九似」とは「頭は駱駝《らくだ》」「眼は鬼、または兎」「爪は鷲《わし》」「手の平は虎」「角は鹿」「耳は牛」「うなじは蛇」「腹は蜃《しん》」「鱗は鯉」という風に、それぞれ他の動物に似ていることを示す。鵺のように、色々な動物が入り交じったような姿をしているということだ。

ところが深渕の真の姿は、基礎も違えば一つ一つの部位も「龍」と違う。翼持つ龍の場合、大抵は鷹《たか》に似た翼を持っているが、深渕のものは蝙蝠《こうもり》のそれに近い。

「この私を蜥蜴呼ばわりとはね」

発声器官が変わったせいだろう。少々響きは異なるものの、人の姿の時と同じ声で深渕は笑った。裂けるように広がった口の中にぞろりと並んだ牙《きば》を見て、光円が息を吞《の》む。

「や、やめろ。食うな……！」

必死に頭を庇《かば》う光円を見下ろし、深渕は楽しげにさらに大きく口を開けた。それは、光円を食べるためではなかった。

その喉《のど》の奥がかっと赤く燃える。次の瞬間、夜の闇を切り裂いて迸《ほとばし》った火炎が、光円のすぐ側の地面を直撃した。夜露に濡《ぬ》れていた地面があっという間に乾燥してひび割れ、一拍置いて光円は尻餅をついたままで飛び上がるという器用な真似をした。

「ひ、火！　火を吐いた……!!」

「火を吐くな、とは言われなかったからねぇ」

薄く白煙を噴きながら、深渕は人ごとのようにうそぶく。余裕に満ちたその態度は、売り出し中の陰陽師など容易《たやす》く踏み潰《つぶ》せるだけの格の違いを物語っていた。

珠子もさすがに度肝を抜かれて絶句していた。彼が火を吐く様までは、見たことがなかった。深渕は風ではなく熱を操る存在なのだということの、裏付けが取れてしまった。

しかも、おそらく、深渕は意図的にそうしている。「ひんと」ですらない、歴然とした証拠を差し出し、今まで守ってきた嘘を自ら粉々に砕いてみせた。

何より、深渕の眼が。

真の姿であることとは関係なく、彼の眼が冷たい。遠い。疑われていると知っている。小馬鹿にされたこともあった。それでも、自分をここまで冷ややかに見る夫を、珠子は知らない。

「お、おい、駄目だ柏葉、こいつは駄目だ！　こんなの、僕の手には負えない……!!」

光円も彼我の実力差が分かる程度の力は備えている。柏葉を振り返り、諦《あきら》めようと提案するが、

「情けないことをおっしゃいますな。ここまで来て、せっかくの好機をどぶに捨てる気ですか!?　正体はとにかく、力は本物だ。これを手に入れられれば……!!」

「命を捨てるよりは、ましじゃないか？」

平然と言い返すと、深渕はのしりと一歩、踏み出してきた。本人にとってはなんということもなかろうが、光円は再び座った状態で飛び上がる羽目になった。

深渕は最早光円など眼中にない。もう一歩踏み出して目指す先は珠子と、彼女を捕まえている柏葉である。

「――下がれ、人間」

光円に対しては軽かった口調が重圧を増していた。金の瞳《ひとみ》それ自体が炎のように燃えている。

何か言い返そうとして、柏葉は唇をわずかに開閉させた。しかし、彼もまた彼我の実力差が分からぬような男ではなかった。小さく息を吐いて珠子から手を放し、十歩ほど離れた位置まで移動した。

ようやく珠子は自由を得た。夫以外の男の体温など不快なだけだと思っていたが、いざ柏葉がいなくなると、夜の風は身を切るように冷たい。先ほど深渕が焼いてみせた地面はいまだ熱を帯び、ぶすぶすと赤く煮えているのに。

「……深渕様」

逃げ出したい。深渕に対して初めて抱いた気持ちを踏み潰すように、珠子は一歩前に踏み出した。

「や、やめろ珠子！　こいつは鵺《ぬえ》ではなさそうだが、龍でもないぞ!!」

「おやおや、君は命が要らないのかな？」

すっかり足が萎《な》えてしまい、立ち上がることもできない光円を深渕がからかう。

「ふざけるな、要るに決まっている！　……だ、だが、珠子は前に一度、僕のために怒ってくれたから……!!」

楠木家にすげなくされたと口を滑らせた光円に対し、生真面目な怒りを示してくれた恩を光円は忘れていなかった。

「だから、僕だって一度だけ忠告してやる！　深渕は僕たちの知識にはない化物だ！　少なくともお前を騙《だま》していたことだけは間違いないぞ!!」

「……そう、でしょうね、きっと。ありがとうございます、光円様。ご忠告、心より感謝いたします」

珠子でさえも冷え冷えとした眼で見つめる今の深渕相手に、恩を返せる心の強さ。情けない部分は目立ち、自分と深渕を罠《わな》に嵌《は》めたことについては文句も残っているが、気持ちはありがたかった。

「私も感謝するよ、光円。君は意外にいいやつなんだな。人間にはたまに、思わぬ輝きを見せてくれる者がいるね」

深渕も光円が土壇場で見せた度胸が気に入った様子だ。声が少し柔らかくなった。

「だから、命までは取らないでやろう」

「な……っ、うあっ!?」

「光円様！」

　悲鳴のような声を上げた珠子であったが、すでに光円はぐったりと地面に転がっている。深淵が彼に向かって、眼にも止まらぬ速さで翼を打ち下ろしたのだ。

「大丈夫だよ。気を失わせただけだ。小細工抜きで力を使っていいのなら、私も結構繊細に動けるのでね」

　つまり、わざわざ熱より風を生じさせる手間を省ければ、深淵はより強大かつ精密にその能力を振るえる。光円を使ってそれを見せつけてから、彼は本題に戻った。

「そんなことよりだよ、珠子。光円の言うとおり、私は鵺ではないが、龍でもない。こちらではよく似た姿の龍が信仰されているから、その威を借りていただけだ。私はずっと、君を騙していたんだ」

「――そうですか」

　光円の気遣いごと押し潰すような深淵の重圧。気を抜くと下を向いてしまいそうな己を叱咤《しった》し、珠子は毅然《きぜん》と金の瞳を見上げた。

「でも、あなたはあの日、私を助けてくれた。それは事実ですよね」

「そうだね」

　騙していた、と語るのと同じ調子で彼は同意してくれる。気力が削《そ》ぎ取られていく。受け答え自体より、あえて深淵がそうしようとしているのを感じるからだ。

私たちは相容《あいい》れない。深渕はそれを知っている。おそらくは出会った時から知っていた事実を、信頼を欠きつつもここまで愛を育てた上で突き付けてきている。

だからこそ、二人のために、珠子は一人でも踏ん張らねばならないのだった。

「私、あなたが好きです」

「そう」

「命の恩人であり、すばらしくて美しくて気高くて強くてかっこよくて……優しい、方だから。大好きです」

「でも、それは全て、嘘かもしれないよ」

宮廷に着く直前、話しかけてはいけないと言い出した時は諭すふりをしていた眼が、はっきりと意地悪く眇《すが》められるのが見えた。珠子は深呼吸すると同時に、ぐっと拳《こぶし》を握った。

「正直な話、深渕様をぶん殴りたい気持ちはあります」

「はは、勇ましいね」

「だけど、だけど……ぶん殴っても、私のほうが痛い思いをするだけなんです。分かってる。分かってる……」

次から次へと言葉が出てきはするが、どれも違う気がする。深渕に届いていない気がする。その焦りが、ますます珠子を無駄に饒舌《じょうぜつ》にする。

「深渕様も、私のことが好きなのも分かってます。私を疑っていて、試していらっしゃるのも、分かっています」

深渕は何も答えない。

「龍《りゅう》だと、ご自分を偽らねばならぬような……つらい経験をされてきたことも、分かっています」

その威を借りていただけだ、と彼は言った。龍なら信仰されているから、とも。つまりは本来の姿の彼は、少なくとも信仰されるような対象ではなかったということだろう。これだけの強大な力と、珠子を愛する心を持ちながら。

「分かってる、ねえ」

繰り返される言葉を、深渕は嫌味な調子で復唱した。

「だけど君は、私がわざとらしくヒントを出してあげるまで、私に疑われていることに気付かなかったじゃないか」

ぶすりと深く、胸に突き刺さる言葉の火矢。あの夜、ついに抱えきれなくなった疑いをぶつけた時よりなおも強烈な痛みが心臓を串刺《くしざ》しにし、そこから広がった炎が珠子を焼き尽くそうとする。

「そ……、それ、は……」

愛情と信頼は別だと嘲笑《あざわら》われた。癒《い》えきっていない傷口にまで火が回る。熱い。痛い。けれどその容赦のなさで、深渕が投げつけてきた皮肉の表皮も焼け溶けて、その下に隠されていた真意がようやく見えてきた。

「……そう。そうです。深渕様は、ひんとをくださったのです」

確かに珠子は気付かなかった。気付かされた。深渕が、そう仕向けたからだ。

彼が望んだからだ。

「ずっとあなただけ、私を疑っていてもよかったのに。愚かで鈍感な私だけに、あなたを信じさせておいてもよかったのに」

深渕は黙っている。見慣れているとはいえ、どうしても人型よりは表情の分かりにくい異形を、珠子は凜《りん》と見上げて畳みかけた。

「あなたを理解せず、疑うことも知らないでいた私に、それでもあなたは期待している。そうなんでしょう？　深渕様。あなただって、どうせなら私を愛するのと同じぐらい、私を信じたいって思ってるんでしょう⁉」

愛しているけど信じていない。愛していないけど信じている。そういうこともあるのだと、もう珠子も理解しているけれど。

愛情と信頼は別だとしても、相反するものではないはずだ。二つを併せ持つことはできるはずだ。珠子の両親のように。やっと和解できた永人と月行のように。

「だったら……だったら私は、妻としてあなたの期待に応じたいです」

複雑な心の機微が苦手だどうだと言っていられない。艱難辛苦《かんなんしんく》しかない迷宮でも、その先に愛する夫が待っているのなら、珠子は進むしかない。

「あなたは私の恩人です。だから今度は、私があなたを助けてあげる。今はまだ、あなたの求めには不足だと思いますけれど、その、こ……光円様を見習います！　馬鹿にされても、嫌な思いをしても、私はあなたに売り込みを続けます!!」

ちょっと驚いたように深渕が瞳を揺らしたが、そんなに「しょっく」を受けるような話でもあるまい。土壇場で心の強さを見せ、深渕を感心させた光円は、陰陽師《おんみょうじ》としての実力はとにかく尊敬すべき人だ。未熟な珠子にとって、出会う人全てが師である。

「月行様の礼儀正しさ、永人様の実直さ、萩野《はぎの》様の芯《しん》の強さ……全て、吸収してみせます。楠木の方々のように、悪意の霧に負けない胆力も身に付けます！」

全てに陰と陽がある。誰にだっていいところと悪いところがある。珠子が持ち得ぬ美点を、今後も学んでいくと誓う。

「だって深渕様は、私だけが特別なんだもの。私まであなたを見捨てたら、あなたは一人ぼっちになっちゃう……!!」

私以外はみんな一緒。春子への発言、今でも言葉の選択がよくなかったとは思っているが、間違ってはいないはず。深渕は珠子のことしか愛していないし、そうであるからこそ、珠子を信じたいのだ。

「私を信じることができれば、他の人のことだってきっと愛せるようになるし、信じられるようになるはずです。だから見捨てないで、私の神様……!!」

悲しみに閉じた彼の心を開きたい。珠子がそうであるように、特別な相手はいるとしても、広くこの世界を愛し、信じてほしい。また何かに傷付けられて苦しんでも、必ず帰ってくることができる優しい家になって、守ってあげたい。

「……はは」

深渕の気配が揺らぐ。爬虫類《はちゆうるい》めいたその顔でも、苦笑したことが分かった。

「……呆《あき》れたね。君は本当に、どこまでも頑丈で傲慢《ごうまん》だなぁ……オレは別に、他の奴らなんてどうでも……」

そのすれ違いに、いまだ珠子は気付いていない。きっと死ぬまで気付かないだろう。不貞腐《ふてくさ》れたように独りごちた姿が、変わっていく。

「でも、いいよ。……そういうところが、堪《たま》らないんだ」

根負けしたように笑う顔は、見慣れた美しい青年のもの。

「私も君が好きだよ、珠子。あの日君を救い、同時に救われたのは本当なんだ。だから、いいよ」

優しい手が、そう装っているのだとしても優しい手が、彼が起こした風に乱れた髪をそっと整えてくれた。

「君が信じてくれるなら、私は君の龍、君の夫でいよう」

「わ……分かりました。納得はしていませんが、今はそれでいいです」

ぐいと涙を拭《ぬぐ》い、珠子は部分的な理解を示した。

「だけど、覚えていてくださいね。いつかきっと、あなたの正体を突き止めてみせますから……!!」

「ああ。楽しみにしていよう」

ふふふ、と笑った深渕は、おもむろに彼女の横を見やる。

「さて、柏葉」

そこにはまだ柏葉がいた。珠子はすっかり彼から気が逸《そ》れていたので、光円のような仕置きを食らうのを恐れて逃げたのかと思っていたが、やけになって横槍《よこやり》を入れてくる訳でもなく、ただじっとその場に留《とど》まっていた。

「いや、帝《みかど》、とお呼びするべきだろうね」

「へっ？」

間抜けな声を出した珠子は、まじまじと柏葉を見つめた。悪い冗談と否定する様子はなく、彼はどこか深渕に似た笑みを返してくるのみだ。

「え、あ……帝は、床に……伏されているのでは……？」

「そう思わせているほうが、何かと楽なのでね。ここ数年は人前に出ていないので、おかげですっかり忘れられ、こうして出歩いていても咎《とが》められもしない」

「それは……そうでしょう。万一似ていると思っても、まさか帝だなんて思うはずがないじゃないですか!! 売り出し中の光円様のお付きでは、帝の顔をご存じの方と会う機会もそうないでしょうし……!!」

「そうだね、珠子。君の指摘したとおりだ。それにしても、その言いぐさは光円に失礼じゃないかな？」

呆れたことに、彼はそれを見越して光円を隠れ蓑《みの》として近付いてきたようだ。驚きの余り、失礼なことを口走ってしまったと恥じ入る珠子を庇《かば》うように、深渕はその前に立つ。

「珠子が失礼だったのは間違いないが、それ以前に君は私たちに謝るべきじゃないかな？」

深渕の突っ込みに、柏葉は首を竦《すく》めた。

「おや、さっきまでは散々彼女をいじめて楽しんでいたくせに……」

「当然だろう。我が妻をいじめていいのは、私だけだよ」

胸を張ってろくでもない宣言をした深渕に、あらゆる意味で勝てないと思ったらしく、柏葉は苦笑いを珠子に向ける。

「深渕の言うとおりだね。申し開きをしても？」

「……ええ。伺います」

聞かねば判断もできない。ひとまず珠子がうなずくと、柏葉は簡潔に経緯を説明した。

「なに、簡単な話さ。私は宮廷内の虚《むな》しい勢力争いにうんざりしていたんだ。特に、隙あらば私をお飾りにして、自分たちが影で権力を握ろうとする望月と楠木にね」

どちらも帝の外戚《がいせき》になり、自分たちの権威を強化してきた一族だ。確か帝はその両方から一人ずつ妻を迎えているはずである。

「とはいえ、彼等と完全に縁を切ることはできない。血縁があまりにも絡みすぎている。だから、私が単独で得られる強力な力として、龍に眼を付けた。それだけの話さ」

「……もしかすると、須恵子《すえこ》様のお父様が突然宮廷に戻られたのも、あなたが……？」

勘が働いた珠子が尋ねると、柏葉はあっさりとうなずいた。

「その程度の力は今の私にもあるからね。彼女のお付きが君と仲がいい、という話は聞いていたし、揃って手元に引き込んでおけば使える駒になるだろうと思った」

全ては深淵を手に入れる手段でしかなかったのだ。眉間《みけん》に力を込める珠子を、柏葉は憐《あわ》れむように見やる。

「嫌な手を打つ、と思っているね。でも、こんなのは宮廷なら日常茶飯事さ。鵺《ぬえ》より龍より、私は人間のほうがよほど怖い」

その恐怖心は、彼自身にも向いているのかもしれなかった。いっそ宮廷ごと吹き飛ばしてしまえば、全て解決するかもしれませんねと大笑いした柏葉の姿を、珠子はふと思い出した。

「……本当は、柏葉様でいらっしゃるほうが楽なのですか？」

柏葉がしばしば見せた、帝への不敬な態度。権力に抑え付けられている、弱い立場ゆえの鬱憤《うっぷん》晴《ば》らしではない。逆だ。頂点に立ってなお、逃れられぬ人の世の苦しみへの怨嗟《えんさ》が、そういった形で噴出していたのだ。

珠子の質問を聞いてわずかに瞳《ひとみ》を細めた柏葉であるが、直接答えてはくれなかった。遠いどこかを夢見るように、彼は天に瞬く星を仰いで嘆息する。

「ああ、でも……思い知ったよ。鵺でも龍でもないが、深淵も相当に怖いな。とても私の手には負えない」

人の姿を取ってなお、深淵は威嚇のような圧を放ち続けている。これは荷が勝ちすぎると、柏葉はさっぱり諦《あきら》める姿勢を見せた。

「だから、お互いにお互いの正体は秘す、ということで手を打たないか。約束してくれるなら、君たち自身にも山座寺《やまくらでら》にも珠子のご実家にも、累を及ぼしたりしないと誓うよ」

「……だけど、そうすると、あなたが利用していた光円様に謝ってもくれないですね？」

さり気ない脅しに意識を逸らされそうになるが、ならば光円にも正体を告げることはなかろう。そこは不服だったが、これ以上の譲歩を引き出すのは難しそうだ。

「……分かりました。そこは我慢します」

「仮にも帝相手に、我慢します、ときたか。さすが龍神《りゅうじん》の選んだ妻」

楽しげに喉《のど》を鳴らした柏葉は、ちらりと深渕に視線をやって、

「珠子については、龍の付属物だとしか考えていなかった。お前の眼鏡にかなう娘なら、利用価値もあろうか程度だったが……なるほどね。意外に根性が座っている。これほど肝の太い娘を新たな妃《きさき》として迎えれば、私も……おっと」

「あげないよ」

熱波が柏葉の手の甲を叩《たた》く。同時に深渕は、ぐいと珠子を腕の中に引き寄せた。

「分かっているさ。命と引き換えにするまでの価値は感じていない」

「よかった……、お気になさらず、私も深渕様一筋ですので……!!」

見知った温《ぬく》もりに包まれて、すっかり手足が冷え切っていたと気付かされた珠子は手の平を擦《こす》り合わせながら安堵《あんど》の息を吐いた。柏葉は複雑な笑みを浮かべ、深渕は何食わぬ顔で彼女を誘う。

「さあ、帰ろう、珠子。安選も、祈流に会いたいだろうしね」

「あっ、そうだ、安選様！　ごめんなさい!!」

彼には申し訳ないが、完全に意識の外だった。光円の側に仲良く転がっている安選に駆け寄った珠子は、急ぎその身を拘束する術を解いてやったのだった。

……これは、珠子が生まれるよりも遥《はる》かに前のお話。

昔々、西洋のとある国に、一頭の竜がいました。深紅の鱗《うろこ》に覆われた巨大な体と立派な角、大きな翼を持っており、口から吐く火で目障りなもの全てを焼き払える、強大で凶悪な竜でした。

多くの同族がそうであるように、彼も生まれ育った火山に住み、あちこちから集めてきた財宝を大事に守っていました。大好きなきらきら光るものを眺めている時だけが、彼の幸せでした。

ところがその財宝に眼が眩《くら》んだ人間たちは、追い返しても追い返しても彼のねぐらにやってきました。ついには手酷く傷付けられた竜は、そのまま故郷を追われました。

すっかり弱ってしまっていた彼ですが、自分の宝物を守るためなら人を傷つける竜は嫌われ者。行く先々で傷を癒《い》やすどころか、見つかるたびに襲撃され、さらに衰弱していきました。

ですが遠く故郷を離れ、唐《とう》の国に近付いてくると、逆に手を合わせて拝まれることが増えてきました。どうやらこの付近には竜に近い、「龍《りゅう》」という存在が神のごとく崇《あが》められているようなのです。

――ならば、龍のふりをすればいい。そう思った竜は龍の真似をすることを思いつきましたが、本物の龍が周りにいる環境では、すぐ嘘がばれてしまうでしょう。そこで彼は海を渡り、同じように龍が信仰されている、小さな島国に逃げ込みました。

その時点で彼は、ほとんど力を使い果たしていました。島国の文化を模倣し、見た目は優雅な公達《きんだち》の姿を模すことに成功しましたが、それが精一杯。弱り切った彼の鼻先をくぐったのは、清らかに光り輝く上等な魂でした。

天神の落とし子だと、一目で分かりました。本来なら天の国でしか暮らせないほどに澄んだ魂。それゆえに並の人間の器では耐えられず、幼くして空に召される運命の幼子。

この魂を食らえば、以前にも増して強力な力を得られるだろう。そう感じた竜は幼子に甘い取引をささやきました。魂を奪う契約をするためでした。

ところがあまりにも無垢《むく》な彼女は、勘違いして「お嫁に参ります」と口走りました。脳天気な言葉に拍子抜けした竜でしたが、なんだかそれは、とてもいい提案に思えたのです。一息に食べてしまうよりも、このきらきらしたものを、きらきらしたまま側に置いておくほうが、ずっと。

そこで竜は幼子に口付けをして、その魂に自らの邪気を少しだけ吹き込みました。強すぎる陽の気にわずかに陰の気が混じったことで、彼女の魂はかろうじて人間でいられる均衡を得た結果、命は救われたのでした。

ですが、お話はここで終わりではありません。竜の暗い望みはまだ消えていません。

可愛い可愛い妻が人の世の毒に負け、ただの人間になってしまったその時。彼は大好きだった、きらきらと光っていた魂を、その牙《きば》にかけることでしょう。

終章　冬来りなば

帰りの旅は特に問題なく進み、都を出てから三日目の昼過ぎに、珠子《たまこ》と深渕《ふかぶち》と安選《あんせん》は揃って山座寺《やまくらでら》に戻ることができた。

「まあまあみなさん、お疲れ様でした！」

玄関まで笑顔で迎えに出て来た祈流《いのる》の顔に、飛びかからんばかりにして安選が詰め寄っていく。

「お前、知っていたんだな？　帝《みかど》の意向がこの件に関わっていたと」

「あらあら、なんの話ですかしら？　ちっちゃい天狗《てんぐ》は器もちっちゃいのですねえ」

再会するなり火花を散らし始めた二人の間に、珠子がまあまあ、と割って入る。

「いいじゃないですか。みんな無事に戻って来られたし、お父様とお母様にもご挨拶《あいさつ》はできたし」

都を出る間際、少しだけだが実家を訪ね、両親に会うことができた。毎年正月には顔を見せているものの、本当は会えるならいつだって会いたいのだ。二人とも変わらず元気で、深渕の加護のおかげで金銭的な苦労もないと分かって嬉《うれ》しかった。

自分の両親でもあるからと、彼等には己の姿を認知できるようにしている深渕は、いつものようにそつのない婿ぶりを発揮していた。思うところはあったが、何も言わずに家を出た時と同じように、珠子は頭を切り替える。

「それに、祈流様にたくさんお金も入るでしょうし！」

「まあ……大人の態度を取れるようになりましたね、不肖の弟子。修行に出した甲斐《かい》がありましたよ」

それは美しく微笑む師に、珠子は笑顔でうなずいた。

「はい、珠子は成長いたしました！　ですから分かります。帝の意向に逆らえば、長年祈流様が守ってきた寺がどうなるか分かりませんものね。逆らえなかったのは、仕方がありません」

「……やっぱりね、相変わらずですこと」

根は変わっていないではないか。諦めたように言った祈流は、墨衣の胸元から一通の文を取り出した。

「……おや、それはなんだい。紙も上等だが、ずいぶんといい香が焚《た》きしめられているね」

深渕の敏感な反応に、祈流はふふっと笑った。

「当然でしょう。帝からの文ですもの」

「えっ」

ぎょっとした珠子は慌てて安選にはっぱをかけた。

「大変……安選様、負けていられませんよ！」

「俺になんの関係がある？」

「ええ、小天狗などには一切関係ありません。残念ながら、私宛ではないの。あなたたちが戻ったら見せるように、とのことで秘密裏に届けられたものです」

くだらない話を断ち切らんと、祈流はその文を広げてみせた。帝の使いはこれを運ぶだけだったので、珠子たちより早く到着したのだろう。流麗な筆跡で描かれているのは一つの句のみ。

「伊勢《いせ》の海の磯もとどろに寄する浪《なみ》……『万葉集』ですね」

引用元をすばやく察知した祈流は意味ありげに笑んだ。

「恐《かしこ》き人に恋ひわたるかも……まあ、熱烈」

その眼がちらりと珠子を見やる。彼女の言わんとすることを、珠子は瞬時に理解した。

「帝は……まだ、深渕様のことを諦めていないのですね」

畏《おそ》れ多いほどの相手を恋う気持ちを綴《つづ》った歌。つまり、帝はいまだ龍神を従えることを諦めていないのだろう。

「でも、だめです。ふ……深渕様は、私の夫なんですから……!!」

「……帝の目当ては、果たして私なのかねぇ」

薄く笑った深渕は手を伸ばすと、祈流の手から文を抜き取った。次の瞬間、めらりと上がった炎がそれを焼き尽くした。

「きゃっ!?」

「うわ、なんだ深渕、お前が炎を使うとは珍しいな……!?」

珍しく祈流が悲鳴を上げ、安選が咄嗟《とっさ》に羽を広げて彼女を庇《かば》う。

「さ……さすが、深渕様! な……なんでもできる!! すごい! では、私たちは疲れていますので、部屋で休みます!!」

慌てた珠子は深渕の袖《そで》を引っ張って、そそくさと住み慣れた自室に戻った。

「ああ、疲れた……やっぱりこの格好、この場所が一番落ち着きます。ねっ、深渕様!」

重たいかもじとも十二単《じゅうにひとえ》ともおさらばして、身軽な法衣《ほうえ》で深渕といられる、この日常が何よりも幸福だ。参内《さんだい》前と変わらぬ調子ではしゃぐ珠子に深渕は微笑みかけた。

「そうだね。君はやっぱり、ここにいるのが一番キュートだよ」

「きゅーと?」

「可愛い、という意味さ」

優しい笑顔に含まれた何か。ただの気まぐれな意地悪ではないことが分かるぐらいには、珠子は今回の件を通じて大人になっていた。少し意識してはしゃいでいたことだって、きっとお見通しなのだろう。

居住まいを正した珠子は、じっと彼の眼を見ながら尋ねる。

「……ねえ、深渕様。あなたは本当は、どこからいらしたのですか」

「唐《とう》よりもっと西、ずっと北にあるところからだよ」

「印度《インド》……？」

「いいや。もっと西、ずっと北だ」

珠子の知る一番遠い国を遥かに越えた場所にあるらしき、彼の故郷。とても想像が及ばず、珠子は困り顔になった。

「さらなるヒントがほしいかい？」

「……いいえ」

知識が足りない。何より、深渕の口を割らせるだけの力が、今の珠子にはない。根元が相容《あいい》れず、愛し合っていても信じ合っていない二人では、まだ手が届かない。

「いつか……いつか、深渕様がどうしてもしゃべりたくなるところまで、追い込んで差し上げますから！」

「はは！　頼もしいね」

軽やかな笑い声を上げた深渕は、今度ははっきりと、意地の悪い目付きになった。

「珠子、私も聞きたいな。今回君は宮廷で、様々な人たちと出会った。寺にいれば味わわずに済んでいた、人の暗いところをたくさん見てきたね。特に、春子《はるこ》」

外はまだ明るい。だが自分たちの周りにだけ、暗闇が立ちこめてきたように珠子は感じた。

「君が人間を嫌いになったなら、私が滅ぼしてやってもいいんだよ。私には、それだけの力があるんだ」

「――いいえ」

間髪を容《い》れず、珠子は首を振る。

「深渕様が人間をお嫌いでも、私は好きです。ずっと、好きです」

宮廷を去りしな、珠子は春子を訪ねた。責めるためではない。一つだけ、聞きたいことがあったからだ。

『閉じ込められた私たちを助けに来てくれたのも、誰かに言われたから？』

『……そうじゃない。そうじゃないよ、珠子』

『……よかった。ありがとう、春子。嬉しいよ』

話はそれで終わった。おそらくは、もう二度と会うことはないだろう。それでも構わなかった。珠子はこれからも春子が好きだし、友達だと思っている。

「あなたのこともです。ずっと、ずっと、ずっと、好きです」

相容れなくても。疑われていても。

「ずっと、なんて言葉を軽々しく使うものじゃないよ」

突き放すように言いながら、深渕は彼女を引き寄せる。

「でも、やっぱり、そういうところが好きだよ。ずっと君を好きでいさせてくれ、珠子」

そして、いつかオレの正体を知っても、どうか嫌わないで。その願いを胸に秘めたまま、彼の指は珠子の髪を撫《な》で続けた。


「あいつら、大丈夫かね」

「放っておくしかないでしょう。深渕を下手に刺激すれば、この山ごと吹き飛ばされかねませんわよ。帝もひとまずは諦《あきら》めてくれたようですし、様子見するしかありませんわ」

山座寺の縁側に腰を下ろした安選と祈流は、のんびりと茶を啜《すす》りながら龍神《りゅうじん》夫妻について話していた。内裏内で起こった出来事については安選も核心が不明な部分が多いものの、元々あった疑念を元に推理を進めれば、ある程度の状況は把握できている。

珠子が看破したように、二人とも深渕が一般に知られている龍《りゅう》とは異なる、だが同じぐらい強大なモノであることに薄々勘付いていた。しかし、それ以上のことは有能な術者である彼等にも分からず、下手に手を出して藪蛇《やぶへび》になることを恐れ、今に至っている。

「うっかり預かってしまったのが運の尽き、というやつですわね。後は不肖の弟子の成長次第です。あの子には深渕の加護とは関係なく、私より才能もある。いずれは性別など関係なく、龍を従えし陰陽師《おんみようじ》として、名を馳《は》せるかもしれませんわねえ……」

珠子もまた、ただの人間の娘ではないことも祈流は分かっている。空の彼方《かなた》よりもっと先、遠い過去を、あるいは未来を見るようなその横顔から、安選はふいと眼を逸《そ》らした。

「……小天狗《てんぐ》を従えたぐらいじゃ、名を馳せることはできんで悪かったな」

弱気なものだと、嫌味が飛んでくるとばかり思っていた祈流は、少女のようにきょとんとする。

「ああら、びっくり。天下の安選殿ともあろう御方が、殊勝なことを言うではありませんか」

「ふん、たまにはな。今回の件を経て、俺も少しは修行をせねばと思った」

照れ隠しのように、小さな手にぴったり合う大きさの茶碗《ちゃわん》をあおる安選。祈流はくすくすと喉《のど》を鳴らす。

「心配はいりませんわよ。若い頃は多少悔しい思いもしましたけれど、私にはがめつい生臭尼僧としての生き方が性に合っています」

今さら名誉などほしくないのだ。それに、と彼女はいまだ視線を合わせない小天狗の耳あたりを見つめた。

「私の名が売れてしまったら、本当にどこぞの公達《きんだち》が付け文をしてくるかもしれませんよ？」

とがった耳の先がぴくりと揺れた。

「それはいけません！　安選様、すぐに祈流様への文を書いてください!!」

「はぁ!?」

響き渡る珠子の大声。茶碗を取り落としそうになりながら振り返った安選は、薙刀《なぎなた》片手の珠子と、口元を押さえて笑いを堪《こら》えている深渕を見つけた。

「なんだお前ら、部屋でいちゃついていたんじゃなかったのか!?」

「ええ、まあ。ですけど、その……閉じこもっていると、思考が暗くなるので、内裏暮らしで鈍った体に活を入れようと思いまして。安選様に稽古《けいこ》を付けていただこうかと考えたのですが、お邪魔をしてしまって申し訳ありません」

「……何を勘違いしとるのか知らんが、俺は断じてこの女に文など送らんぞ」

祈流は素知らぬ顔で茶を啜っている。二人を見比べ、珠子は得心した。

「なるほど……愛し合い、信じ合うお二人には今さらの文など不要ということですね。失礼いたしました！　私と深渕様も、いつかお二人のような夫婦になれますよう、精進いたします!!」

風を切るような速度でお辞儀をした珠子は、耐えきれず大笑いし始めた深渕と一緒に寺の外に出て行ってしまった。

「……やっぱりだめじゃないか？」

「……そんな気もしますわね」

目標の設定が完全におかしい。このままいくと、自分たちも龍神夫妻のごたごたに巻き込まれて愛宕山《あたごやま》ごと吹き飛ばされかねない。

でもきっと、隣の馬鹿は最後まで面倒を見る気なのだろう。その酔狂に付き合ってやれるのは己ぐらいだと呆《あき》れながら、二人は並んで茶を啜るのだった。

あとがき

富士見L文庫では初めまして、小野上明夜《おのがみめいや》と申します。「竜神めおと絵巻　～花の御所に嫁陰陽師まいりけり～」を手に取ってくださって、ありがとうございました！　平安《へいあん》時代がベースではありますが、あくまでファンタジーとして楽しんでいただければ幸いです。

珠子《たまこ》は古き良きヒロイン像を目指したつもりなのですが、いかがでしたでしょうか。深《ふか》淵《ぶち》は……ヒーローというにはちょっと闇が深めなんですけど、そこでバランスが取れているといいなって思って……。

元気いっぱいで可愛い珠子と、艶《つや》やかで謎めいた深淵様を描いてくださった深遊《みゆう》様、どうもありがとうございました！　装飾にちりばめられたモチーフの数々にこだわりを感じます。それでは最後に、またお会いできる日を願って。

小野上明夜

お便りはこちらまで

〒一〇二―八一七七
富士見L文庫編集部　気付
小野上明夜（様）宛
深遊（様）宛

富士見Ｌ文庫

竜神《りゅうじん》めおと絵巻《えまき》
～花《はな》の御所《ごしょ》に嫁陰陽師《よめおんみょうじ》まいりけり～

小野上明夜《おのがみめいや》

2020年８月15日　初版発行

発行者　青柳昌行
発　行　株式会社 KADOKAWA
〒102-8177　東京都千代田区富士見2-13-3
電話　0570-002-301（ナビダイヤル）

印刷所　株式会社暁印刷
製本所　株式会社ビルディング・ブックセンター
装丁者　西村弘美

定価はカバーに表示してあります。
◇◇◇

●お問い合わせ
https://www.kadokawa.co.jp/（「お問い合わせ」へお進みください）
※内容によっては、お答えできない場合があります。
※サポートは日本国内のみとさせていただきます。
※Japanese text only

ISBN 978-4-04-073773-7 C0193